Menino

Flip

Rodrigo Rufião

Sócrates

Os burros

Rei Kilian

Rodrigo Rufião
e Menino, seu escudeiro

Michael Ende
Wieland Freund

Rodrigo Rufião
e Menino, seu escudeiro

Com ilustrações de Regina Kehn

Tradução Júlia Ciasca Brandão

martins fontes

© 2021 Martins Editora Livraria Ltda., São Paulo, para a presente edição.
Rodrigo Raubein und Knirps, sein Knappe
Michael Ende e Wieland Freund, ilustrado por Regina Kehn.
© 2019 Thienemann in Thienemann – Esslinger Verlag GmbH, Stuttgart.
Esta obra foi originalmente publicada em alemão
sob o título *Rodrigo Raubein und Knirps, sein Knappe*.

Publisher *Evandro Mendonça Martins Fontes*
Coordenação editorial *Vanessa Faleck*
Produção editorial *Carolina Cordeiro Lopes*
Revisão *Lucas Torrisi*
Ubiratan Bueno
Diagramação *Renato Carbone*

Dados Internacionais de Catalogação na Publicação (CIP)
Angelica Ilacqua CRB-8/7057

Ende, Michael
Rodrigo Rufião e Menino, seu escudeiro / Michael Ende, Wieland Freund ; tradução de Júlia Ciasca Brandão ; ilustrado por Regina Kehn. – 1. ed. – São Paulo : Martins Fontes – selo Martins, 2021.
208 p. : il. col.

ISBN 978-65-5554-009-3
Título original: Rodrigo Raubein und Knirps, sein Knappe

1. Literatura infantojuvenil i. Título ii. Freund, Wieland iii. Brandão, Júlia Ciasca iv. Kehn, Regina.

21-3100 CDD 028.5

Índice para catálogo sistemático:
1. Literatura infantojuvenil 028.5

Todos os direitos desta edição reservados à
Martins Editora Livraria Ltda.
Av. Dr. Arnaldo, 2076
01255-000 São Paulo SP Brasil
Tel.: (11) 3116 0000
info@emartinsfontes.com.br
www.emartinsfontes.com.br

Nos últimos anos de sua vida, Michael Ende começou a escrever uma história que chamou de O cavaleiro fora da lei Rodrigo Rufião e Menino, seu escudeiro. *Ele deixou três capítulos impecavelmente finalizados. Mas infelizmente o autor não conseguiu terminar a história. Mais de vinte anos depois, Wieland Freund terminou de contá-la.*

Capítulo Um

*Onde a personagem principal desaparece
– de forma inesperada*

No meio da tenebrosa Idade Média, em uma quarta-feira e, ainda por cima, à meia-noite, uma carroça grande e em forma de caixa era puxada por três burros e estalejava e trambolhava por uma estrada de terra repleta de buracos e poças d'água. Caía uma tempestade terrível, raios e trovões seguiam-se um após o outro tão depressa que não se podia mais dizer qual trovão pertencia a qual raio. Chovia como se tivessem esquecido a torneira do céu aberta, e ouvia-se o zunido do vendaval.

Quando dizemos "na tenebrosa Idade Média", significa que, naquele tempo, ainda não haviam inventado a energia elétrica. Ou seja, isso aconteceu antes mesmo dos seus avós serem bem pequenos, coisa que se passou há inacreditavelmente muito tempo atrás. Naquela época não havia lâmpada, nem farol de automóvel, nem lanterna, e muito menos postes de rua. É bem fácil imaginar como aquela estrada de terra no meio da noite estava escura como breu, sombria como corvo, preta como carvão.

Se, naquele momento, um caminhante se tivesse atrevido a vagar por aquela estrada, deparando-se com a carroça, ele teria ouvido de longe, no meio do estourar dos trovões, o soar do sininho, pendurado nos arreios e nas rédeas dos três burros. E, no clarão dos raios, ele teria visto que o veículo se parecia com uma pequena casa sobre quatro rodas cujas paredes estavam pintadas do chão até o teto com figuras engraçadas. Do telhado pontudo erguia-se uma chaminé metálica. Nos lados, à esquerda e à direita, havia janelas com vasos de gerânios; e, na parte de trás, um telhadinho a mais acima da porta de entrada. Sobre as janelas dos dois lados estava escrito em letras grandes e florescentes:

Teatro de fantoches do Papai Dick

O senhor condutor, um homem redondo e baixinho, estava embrulhado em uma capa de chuva, sentado sobre o banco do cocheiro. A água escorria da aba larga de seu chapéu, sua cabeça balançava na cadência do estalejar das rodas para lá e para cá, seu rosto redondo e rosado exibia um semblante extremamente tranquilo e amigável. Ele havia adormecido e emitia um ronco despreocupado. Os trovões não pareciam incomodá-lo nem um pouquinho. Os três burros aparentavam estar tão despreocupados quanto ele e seguiam marchando. Os animais pareciam acostumados a encontrar o caminho sozinhos.

O interior da carroça era iluminado apenas pela fraca luz de uma pequena lamparina que balançava no teto, suspensa por uma curta corrente. Em um dos cantos, havia uma lareira; na parede atrás dela, estavam penduradas todo o tipo de frigideiras, panelas e colheres para cozinhar. Logo ao lado, encontrava-se um espaço para refeições com uma mesinha, um banco e duas cadeiras, tudo muito prático e pequeno. No outro canto, um beliche havia sido montado: embaixo, uma ampla cama de casal; acima, e bem perto do teto, acessível apenas por uma escada, uma cama estreita e menor.

Todo o espaço restante estava repleto de marionetes penduradas pelos cordéis no teto ou em suas próprias armações. Havia princesas e reis, burgueses, camponeses e bruxas, magos, a morte e o diabo, bobos da corte, turcos, cavalos e dragões, e muitos, muitos cavaleiros. Caixas e cestas empilhavam-se no chão, dentro das quais eram guardados cenários e todas as pequenas coisas que aparecem no teatro de marionetes: espadinhas e escudos, o cetro real e pratinhos e cadeirinhas e arvorezinhas e barquinhos e muitas coisas mais.

Naquela luz tremulante, os bonecos balançavam para lá e para cá como se estivessem dançando uns com os outros, de modo que pareciam estranhamente vivos.

Sobre a haste da cortina, bem acima da mesa de jantar, um papagaio muito colorido descansava a cabeça sob a asa e dormia. Deitada na cama larga e inferior, debaixo de um edredom vermelho e quadriculado, estava Mamãe Dick. Ela roncava do mesmo modo despreocupado que o marido do lado de fora, no banco do cocheiro, mas de forma ainda mais graciosa e melódica.

A cama menor e superior estava vazia. E a porta de entrada, na parte de trás do veículo, era movida pelo vento e abria e fechava, abria e fechava, abria e fechava repetidamente.

Era claro que alguém se havia esquecido de fechá-la corretamente.

De repente, sentiu-se um forte tranco, como se as rodas tivessem atropelado uma pedra enorme, e todo o veículo travou e pendeu para o lado. Tudo caiu desastrosamente, num estardalhaço barulhento. Mama Dick também cambalhotou da cama. O papagaio ainda conseguiu segurar-se com as garras na haste da cortina, mas ficou de cabeça para baixo.

– Cruz-credo, que susto! – guinchou o pássaro. – O que foi isso?

Mamãe Dick emergiu do amontoado de bonecos e gritou bem alto:

– Ei, Papai Dick, o que foi que aconteceu?

De fora, ela ouviu a voz do marido junto ao rugido do vento:

– Dolly, Willy e Ully devem ter cochilado um pouquinho durante a marcha e caíram na valeta da estrada.

– Efraim Emanuel Dick! – Exclamou a mulher furiosa. – Você deveria ter vergonha de empurrar a culpa para três burros inocentes, se você mesmo deve ter caído no sono! Como alguém pode ser tão irresponsável?

Quando a esposa o chamava pelo nome completo, era sempre um sinal de alerta para o Papai Dick. Ele olhou para a porta da carroça, e sua expressão adquiriu um ar de extrema preocupação.

– Você se machucou, querida?

– Não foi nada demais – respondeu o papagaio –, Sócrates só torceu uma pena do traseiro.

– Bico calado, Sócrates – disse Papai Dick –, não estava falando com você. Como está, minha amada esposa? Tudo em ordem por aí?

Mamãe Dick forçou a porta emperrada para sair do veículo. Ela era tão rosada e redonda quanto o marido, e vestia apenas uma camisola e uma touca de dormir. Depois de se beijarem para fazer as pazes, a mulher olhou suspirosa para a carroça capotada.

– Você acha – perguntou Mamãe Dick – que conseguiremos colocá-la novamente sobre as rodas?

– Temos de tentar. Nesta região abandonada por Deus não poderemos contar com a ajuda de ninguém. Por sorte nada parece ter sido quebrado. Somos três, devemos conseguir. Menino terá de nos ajudar. Onde ele se meteu? Ainda está lá dentro?

– Acho que não – respondeu Mamãe Dick inquieta. – Pensei que estivesse o tempo todo aqui na frente com você.

– Não, comigo ele não estava – disse Papai Dick.

Ambos trocaram um olhar assustado, então gritaram juntos em direção ao interior do veículo:

– Olá! Menino! Filho! Garoto! Está aí dentro? Aconteceu algo com você? Diga alguma coisa, filhinho! Está vivo? Menino, responda-nos, por favor!

– Aqui não tem ninguém – resmungou o papagaio –, a não ser Sócrates.

– Meu Deus do céu! – Exclamou a Mamãe Dick, entrelaçando uma mão na outra. – Onde será que ele está? Onde está meu pobre filho? Nós o perdemos ao longo do caminho, mas em que momento e onde? O que aconteceu com ele?

E então ambos correram pela escuridão e gritaram o mais alto que conseguiram para todos os lados, em meio à ventania:

– Menininho! Filho! Filhote! Responda, se estiver ouvindo! Onde você se meteu? Volte, filhinho!

Mas a única resposta que receberam foi o assobio do vento e o rugido do trovão.

Na verdade, é evidente que Menino não se chamava Menino. O filho havia sido batizado com o nome de Asdrúbal Anaximandro Crisóstomo. Esses nomes foram tirados de um livro de histórias antiquíssimo, do qual o Papai Dick colhia ideias para as peças de teatro. Mas ninguém conseguia pronunciar, e muito menos decorar, tais nomes complicados, nem os próprios pais da criança. Por isso, passaram a chamá-lo desde o nascimento de Menino – e é assim que o vamos continuar chamando ao longo desta história. Podemos, portanto, esquecer por sua vez esses nomes.

Mamãe Dick começou a chorar.

– Ele é um rapazinho tão destemido – soluçou ela. – Tomara que não se tenha metido a fazer algo por conta própria...

– Ora – disse Papai Dick –, vamos ser sinceros. Ele é o filho mais teimoso e imprudente que já tivemos.

– Mas nós não temos nenhum outro filho... – choramingou Mamãe Dick.

Papai Dick a tomou nos braços para acalmá-la e acariciou seus cabelos, bagunçando sua touca de dormir.

– Fique tranquila, minha querida – murmurou. – Certamente Menino voltará a aparecer em breve. Não pode acontecer nada demais a alguém como ele. Nós o encontraremos, sem sombra de dúvida, e então ele sentirá a fúria do meu cinto.

– Você não vai fazer isso! – Uivou a Mamãe Dick. – Você é um pai coruja. E, de qualquer forma... O que vamos fazer se ele tiver sido sequestrado por bandidos?

– Papo furado – resmungou Papai Dick. – Nós viajamos justamente na escuridão da noite para que ninguém nos visse. Além disso, nenhum bandido estaria à espreita debaixo desta tempestade maldita.

– Duvido que você acredite nisso! – Exclamou Mamãe Dick cada vez mais desesperada. – Esta região está repleta de aves de rapina.

– Está bem, mas por que então elas fariam uma coisa dessas? – Objetou Papai Dick, que agora tinha ficado bastante inseguro. – Nós somos apenas pobres marionetistas. Por que alguém sequestraria nosso Menino?

Mamãe Dick se libertou do abraço do marido e deu um passo para trás. Ela estava muito pálida.

– Aqui, em algum lugar da floresta – disse com muito esforço –, mora Rodrigo Rufião, e ele é o pior e o mais cruel cavaleiro fora da lei de todos. É um homem completamente sem coração. Pratica maldades, porque se diverte praticando maldades, nem ganha nada com isso. E se nosso Menino...

Ela não conseguiu continuar. E então Papai Dick também começou a chorar. Ambos se abraçavam, e a chuva corria por seus rostos.

– Cruz-credo, que dramalhão! – Guinchou o papagaio do interior da carroça. – Isso seria um terrível infortúnio. Mas vocês não podem sair perdendo a cabeça. Talvez Menino tenha descido rapidinho para fazer xixi, ou algo parecido.

– Nesses casos – disse o Papai Dick, interrompido por soluços –, ele tem o hábito de nos dizer para que paremos e esperemos por ele.

– Mas, se você caiu no sono, seu dorminhoco – disse Mamãe Dick ao chacoalhar o marido –, então você não ouviu nadica de nada! E agora a pobre criança está perdida no meio da noite.

– Você também estava dormindo – retrucou Papai Dick com suavidade. – Se não, teria percebido se ele tivesse descido da carroça.

– Santo cuco! – Guinchou o papagaio. – Será que algum de vocês poderia fazer a gentileza de colocar o veículo novamente sobre as rodas? Sócrates ainda está pendurado aqui de ponta cabeça na haste da cortina, sem falar que ele não consegue enxergar nada, porque a lamparina se apagou. Vamos permanecer hoje aqui, e, amanhã cedo, assim que o sol nascer, Sócrates voará por toda a região para procurar Menino. Vocês podem fazer o mesmo a pé. Mas agora não podemos fazer nada além de esperar que ele volte por si só. Portanto, tratem de levantar a carroça de uma vez por todas, para que Sócrates consiga pelo menos raciocinar direito.

O papagaio era, como podemos perceber, um pássaro extremamente inclinado ao pragmatismo, e não era fácil fazê-lo perder a cabeça. Pertencia a uma raça que era especialmente pequena e especialmente colorida; parecia um palhaço, coisa que ele não gostava muito de ouvir. Além disso, Sócrates já era – como é comum entre os papagaios – espantosamente idoso, tinha quase cem anos de idade. Portanto, possuía uma extraordinária experiência de vida.

O fato de ele conseguir falar de modo tão perfeito é fácil de explicar: Sócrates não esteve somente com Papai Dick e Mamãe Dick, mas também com o Vovô Dick e a Vovó Dick, que já eram marionetistas e viajavam por todo o país, de forma que ele pôde ouvir todas as peças de teatro centenas e centenas de vezes, até que pudesse repeti-las sem erro. E, como era um pássaro incrivelmente sábio – razão pela qual levava o nome do famoso filósofo grego –, atualmente conseguia lidar com esse enorme vocabulário da mesma forma que um professor acadêmico.

Papai Dick encontrou um galho robusto e comprido para usar de alavanca. Mamãe Dick se apressou em segurar a parte de baixo da carroça. Willy, Ully e Dolly, os três burros, puxaram os engates com toda a força. Depois de algumas tentativas, eles conseguiram colocar o veículo novamente sobre as rodas. A parte que permanecera no chão tinha ficado muito suja, mas a chuva logo tratou de limpá-la. Fora isso, nada havia sido danificado.

O casal subiu na carroça e acendeu novamente a lamparina. Depois, arrumaram as coisas que haviam caído de forma desordenada e acomodaram tudo com cuidado. Isso feito, ambos se sentaram um em frente ao outro à mesinha no espaço para refeições. De mãos dadas, trocaram olhares de preocupação. Nenhum deles estava com vontade de se deitar para dormir.

Por vezes, Mamãe Dick suspirava e dizia sem parar:
– O que podemos fazer, Papai Dick?
E Papai Dick respondia toda vez:
– Não sei.
Por fim, Sócrates balançou e afofou sua plumagem.
– Aguardar e tomar chá! – Murmurou o pássaro.
E foi o que eles fizeram, pois algo mais sensato que isso não havia realmente a ser feito naquele momento.
À frente da carroça estavam Ully, Dolly e Willy, sob a chuva e o vendaval. Mas isso não os incomodava, eles estavam acostumados. Só que, desta vez, os três permaneceram atentos, de orelha em pé.

Capítulo Dois

Onde Menino sitia o Castelo do Calafrio

Enquanto, na estrada de terra, bem mais adiante, Papai e Mamãe Dick estavam mortos de preocupação com o filho e bebiam chá, Menino abria caminho pela densa floresta. Naquele tempo, havia ainda aqui em nossa terra verdadeiras selvas com árvores centenárias, desfiladeiros nunca antes pisados pelo ser humano, trepadeiras e pântanos sobre os quais o fogo-fátuo brilhava ondulante. E a floresta enorme na qual se passa esta história se chamava Floresta do Temor, porque era especialmente sinistra.

Dizia-se que lá viviam não apenas ursos e jiboias, mas também espíritos da floresta, duendes cruéis e todo o tipo de monstros. E principalmente vivia ali, em algum lugar, escondido em um castelo inacessível, o mais temido cavaleiro fora da lei de todos, aquele que Mamãe Dick já havia mencionado com tamanho pavor: Rodrigo Rufião.

Ninguém em todo o país se atrevia a dizer seu nome, não fosse com a mão sobre a boca e em tom de sussurro, pois somente mencioná-lo já era considerado perigoso. Havia diversas histórias sobre a selvageria e crueldade desse demônio. Contava-se, quase sempre, e acima de tudo, coisas incríveis sobre a sua força violenta na luta, que o tornava completamente indomável. Até mesmo os guerreiros mais corajosos e os valentões mais destemidos prefeririam dedicar-se às suas promissoras aventuras, desviando-se o máximo possível da Floresta do Temor, fazendo uma volta enorme.

Apesar disso – ou melhor, justamente por isso –, Menino decidiu sair à procura desse homem.

Esse espantoso intento será explicado agora mesmo, caso contrário alguém poderia possivelmente criar uma imagem completamente errada de Menino, tomando-o como imensamente corajoso ou até mesmo como herói.

Mas ele não era nada disso. Porque corajoso é aquele que tem medo e vence esse medo. Mas Menino nem sabia o que era medo, e, por isso, não precisava vencer nada.

Somente tem medo aquele que conhece o mal que existe dentro de si, e, consciente disso, procura evitá-lo. E Menino também não fazia ideia de nada disso. Ele simplesmente não conseguia nem imaginar nada semelhante àquilo. Assim, agia não por virtude, mas por falta. Ele não tinha ideia do que se poderia fazer contra uma falta daquelas. Ele tinha ouvido: quem não sabe diferenciar o bem do mal permanece para sempre uma criança. Mas Menino não queria isso. Ele queria se tornar adulto e, por essa razão, tinha dado às canelas e estava a caminho de Rodrigo Rufião, que era sem dúvida um especialista em matéria de maldade.

A tempestade ainda esbravejava, a chuva despencava sobre os riachos, raios fulminavam, trovões estrondeavam, e o vendaval fazia toda a floresta balançar em selvagem alvoroço. Menino não estava vestido de forma tão apropriada assim para sua expedição. Sua figura pequena e magra estava enfiada em um traje de arlequim, costurado pela Mamãe Dick com todos os retalhos que haviam sobrado da confecção das fantasias das marionetes. Pequenas malhas coloridas de veludo, seda, feltro ou algodão. Naturalmente o traje já estava completamente ensopado e colava nos seus membros. Ele também não usava um chapéu, e seus cabelos vermelhos como uma raposa estavam despenteados sobre a cabeça. Seu rosto cheio de sardas e os olhos azuis davam a impressão de que ele tinha caído diretamente do céu.

À luz dos raios fulminantes, os troncos gigantes e nodosos das árvores surgiam como todo o tipo de figuras sinistras, de braços e pernas deformados, rostos com olhos esbugalhados, narizes ossudos e bocas escancaradas. O zumbido e o uivo polifônico do vendaval soavam como um coro de vozes lamentosas ou ameaçadoras. Mas Menino continuava seu caminho, sem se deixar impressionar nem um pouquinho. De vez em quando, no meio da escuridão, batia a cabeça contra um galho que não tinha visto, ou tropeçava nas grossas raízes dos troncos. Mas ele se recompunha e prosseguia a marcha, impávido. Algumas vezes, acontecia até mesmo de uma árvore ser derrubada pelo vento, despencando com estrondo e arrancando outras árvores consigo. Menino escalava os gordos caules que estavam no meio do caminho e continuava a desbravar a trilha pela densa mata.

Em algum momento, ele pisou em algo e ficou preso. Menino puxava e puxava, mas não conseguia escapar. Era como se uma mão feita de raízes o tivesse agarrado, porque outra forma de seu pé ter ido parar entre aquelas garras seria praticamente impossível. Menino puxava e repuxava com toda a força, mas

aquilo não dava o braço a torcer. Talvez pudesse ser um dos cruéis gnomos das raízes.

– Escute aqui – gritou Menino –, largue-me, estou a caminho de Rodrigo Rufião!

Mal tinha pronunciado esse nome, seu pé já tinha sido libertado. Era possível que até mesmo os espíritos da floresta e as árvores tivessem medo dele? Ou aquilo teria sido apenas uma coincidência?

Tinha dado apenas alguns passos à frente, quando um raio violento atingiu exatamente o lugar no qual ele havia estado há pouco.

– Teria mirado em mim? – Perguntou Menino. – Isso não seria nada gentil, eu apenas pronunciei um nome.

Até mesmo as árvores que eram mais sinistras pareciam assustadas frente a tanta despreocupação. Suas feições adquiriram extrema indignação, como se elas estivessem sussurrando e cochichando entre si.

– Está bem – disse Menino –, vou ficar calado.

E continuou marchando, serenamente.

Um pouco mais tarde, a tempestade finalmente deu uma trégua. Só o vento se demorava, soprando as nuvens ao redor da lua cheia de forma que às vezes ficava claro, e outras, escuro. Mas, lá debaixo, no solo da Floresta do Temor, onde Menino procurava seu caminho, mal se podia notar isso. As enormes coroas das árvores mal deixavam a pálida luz passar.

De repente, o vento também parou, e um silêncio sepulcral tomou conta. Só dava para ouvir o barulho suave das gotas que ainda caíam das folhas. A névoa subia do chão. Os animais noturnos, que até agora se tinham mantido encolhidos em suas tocas, saíam de pouquinho em pouquinho e observavam, com olhos brilhantes e de todos os ângulos, o pequeno caminhante que penetrava de forma tão desinibida o seu distrito.

O chão estava cada vez mais encharcado, e, em muitos lugares, cresciam cogumelos gigantes. Alguns eram maiores do que Menino. A inclinação começou a crescer, e a vegetação ficou mais dispersa. Já se podia até mesmo ver, de vez em quando, a lua através das coroas das árvores.

Depois de muito tempo que Menino havia subido ainda mais e mais alto, ele ouviu de repente no meio do silêncio um estalar, e depois outro, e mais outro. Seguiu em direção àquele barulho e encontrou, debaixo de uma grande aveleira, um urso que ali quebrava avelãs.

– Olá, urso! – Exclamou Menino, dirigindo-se ao animal. – Deixe algumas para mim também. Estou com fome.

O urso se virou, resmungando e endireitando-se sobre as patas traseiras. Ele era três vezes maior que Menino e mirava surpreso o pequeno rapaz, metido em um traje tão estranhamente colorido.

– Não vou machucá-lo – disse Menino.

Poderia ser que o urso já estivesse satisfeito, ou que tanta sem-vergonhice o tivesse confundido. De qualquer forma, ele se deixou cair sobre as quatro patas, e, resmungando, trotou embora dali.

Menino ainda olhou amigavelmente para ele e gritou:

– Obrigado!

Depois, juntou todas as avelãs que conseguiu encontrar, enfartou os bolsos do traje e continuou seu caminho. Durante o caminho, quebrava com os dentes e comia uma avelã depois da outra.

A lua já havia migrado bastante quando a floresta de repente se abriu, e Menino pôde ver um rochedo nu que se erguia à frente, íngreme e cheio de picos. Lá em cima, no cume mais alto, podia-se reconhecer à pálida luz um castelo, cujo aspecto somente, mesmo àquela distância, fazia com que qualquer um ficasse arrepiado – qualquer um, menos Menino, que acenou satisfeito e soltou um assobio de admiração. Estava certo de que enfim havia chegado então ao endereço correto: cavaleiro fora da lei Rodrigo Rufião, morador do Castelo do Calafrio, sobre o Cume do Arrepio, na Floresta do Temor.

O castelo fora construído com blocos de pedra e tinha cinco torres de diferentes alturas, as quais pareciam ser de alguma maneira erradas e tortas. As poucas janelas que davam para fora, já que os muros chegavam diretamente no rochedo em declive vertical, pareciam-se com órbitas oculares vazias. Não havia nenhum fosso, apenas um portão de um dos lados, mas lá de baixo não se podia ver se estava aberto ou fechado. Em suma, aquele castelo passava uma impressão de profunda decadência.

Menino começou a subir. O caminho era uma trilha de rochedos estreita, sem parapeito, que fazia curvas curiosas, serpenteando o alto cume. Em todo o trajeto, onde havia um espacinho para isto, Menino se deparava com túmulos sobre os quais se erguiam cruzes de pedra tortas sobre o chão. Sobre as lápides, ele conseguiu decifrar com esforço inscrições do seguinte tipo:

Aqui está enterrado o cavaleiro Bogumil Drohmir,
derrotado por Rodrigo Rufião
depois de uma luta de três dias.
Viajante, não continue por este caminho!

Ou:
Aqui descansam os cansados ossos reunidos
do gigante Untam Menuwel,
que teve o azar
de desagradar Rodrigo Rufião.
Viajante, sebo nas canelas!

Ou:
O pouco que restou
dos treze bandoleiros
do bando dos Berserk*,
que cruzou o caminho de Rodrigo Rufião,
jaz aqui, enterrado em um vaso de flores.
Estrangeiro, pé na tábua!

Na subida, Menino tropeçou diversas vezes em caveiras e montes de ossos que estavam caídos por ali. Uma das vezes, ele precisou passar até mesmo por um amontoado de esqueletos humanos que estavam presos na parede do rochedo com correntes enferrujadas e que vestiam elmos. Era evidente que se tratava de uma fidalguia completa que havia sido punida por Rodrigo Rufião por ter tentado fazer-lhe uma visita ou lhe propor um convite.

Qualquer um que visse essas honrarias teria sido levado a pensar que seria, na verdade, muito mais agradável e aconchegante ficar em casa, e, por essa razão, já seria tempo de retornar. Mas não Menino.

Quando ele finalmente chegou lá em cima, viu que o caminho acabava no cume do pedregulho. Uma ponte levadiça levava por cima de um abismo voraginoso em direção ao portão do castelo. Essa ponte parecia tão apodrecida, e as imensas correntes estavam tão corroídas pela ferrugem, que era mais do que questionável se ela iria suportar alguém atravessando. Além disso, o enorme portão se encontrava fechado.

Menino colocou o pé sobre as tábuas da ponte. Tudo crepitava e estalava, e alguma coisa escorregou e caiu nas profundezas.

---

* Nome do bando de criminosos. Os Berserkir, segundo a mitologia nórdica, foram guerreiros nórdicos ferozes, ligados a um culto específico ao deus Odin. Eles despertavam em uma fúria incontrolável antes de qualquer batalha. [N. T.]

Mas Menino continuou andando. Em algum momento, ele precisou pular um buraco entre duas tábuas. Toda a estrutura balançava para lá e para cá, e as correntes rangiam. Mas, por fim, ele chegou em frente ao portão.

No meio, havia uma campainha no formato da cara de um diabo que levava uma argola de ferro grossa na boca. Menino moveu a argola e bateu algumas vezes. Ele ouviu o barulho ecoar fantasmagoricamente no interior do castelo; fora isso, tudo permanecia sorrateiramente silencioso. Ele bateu mais uma vez com mais força. Depois, gritou por entre as mãos:

– Ei, olá! Senhor Rodrigo Rufião, cavaleiro fora da lei, posso entrar, por favor?

Nenhuma resposta pôde ser ouvida, e ninguém apareceu.

Menino ficou batendo por mais um tempo, mas foi em vão. Pouco a pouco ele foi ficando cansado; afinal, tinha caminhado a noite toda. Seus olhos se fechavam involuntariamente.

– Talvez – disse para si mesmo – ele tenha saído rapidinho para fazer compras. De certo voltará em breve, se não teria deixado algum bilhete na porta, "estou de férias", ou algo parecido. Simplesmente vou sentar-me aqui agora e esperar um pouco.

Então, aninhou-se no canto do portão e, no instante seguinte, já dormia um sono tranquilo.

Capítulo Três

Onde o cavaleiro fora da lei, Rodrigo Rufião, quase ganha um escudeiro

Contudo, o cavaleiro fora da lei, Rodrigo Rufião, não tinha ido viajar coisa nenhuma. Ele nunca viajava e também nunca saía para fazer compras. Não, ele estava sempre em casa e, inevitavelmente, ouviu as batidas na porta. Mas não queria abri-la, a nenhum custo.

Na verdade, Rodrigo Rufião era completamente o contrário daquilo que as pessoas acreditavam. De fato, ele tinha quase dois metros de altura, uma figura gigantesca, e uma barba desgrenhada e preta emoldurava seu rosto; mas isso era apenas superficial. Na realidade, ele não conseguia ferir nem uma mosca. É como dizem por aí: feio por fora, bonito por dentro.

Todas as histórias sobre a sua assustadora selvageria e crueldade eram meros boatos, que ele mesmo tinha levado até às pessoas.

E elas, naturalmente, continuaram a espalhar com suas próprias complementações. E ele achava isso bom, porque dava valor à pior reputação possível. Mas isso tudo era apenas uma camuflagem, atrás da qual ele se escondia para ser deixado em paz.

É que Rodrigo Rufião não era apenas sensível, era também uma pessoa muito medrosa. Para ele, a vida parecia cheia de perigos, e o mundo, repleto de vilões que mal podiam esperar para lhe pegar de surpresa para lhe roubar ou até mesmo para lhe esfaquear até a morte. E só se podia detê-los, pensava o cavaleiro, se instigasse mais medo neles do que ele mesmo tinha. E, de fato, havia conseguido, através desse método, levar até então uma vida bastante tranquila, ainda que muito solitária.

Tinham-lhe custado muitos anos para construir e instalar ele próprio todas as cruzes e lápides. Embaixo não jazia absolutamente ninguém, nem nunca havia sido enterrado alguém antes. Os esqueletos e ossos e caveiras eram produzidos com gesso e argila em uma oficina que ele havia montado expressamente para esse propósito.

Infelizmente, essas obras-primas esculturais não eram muito duráveis. Com frequência elas ficam moles ou despedaçavam sob a chuva e sob a neve, e então ele precisava de dias para consertá-las ou construí-las mais uma vez do zero, precisava refazer as inscrições desbotadas ou endireitar as cruzes dos túmulos. É claro que ninguém podia vê-lo fazendo isso; senão, possivelmente, tudo viria à tona. O melhor era resolver essa questão na escuridão. O problema era o seguinte: ele tinha tanto medo que nem dez cavalos conseguiriam tirá-lo do castelo durante a noite. Só debaixo da clara luz do sol é que ele se atrevia ao ar livre para cuidar dos reparos necessários.

Aliás, o Castelo do Calafrio ele havia herdado de seus antepassados, que de fato haviam sido terríveis cavaleiros fora da lei.

Como último da linhagem, Rodrigo o habitava então sozinho, mas utilizava apenas uma parte muito pequena do espaço. Há anos que ele não pisava nos grandes salões dos cavaleiros, corredores e escadas. As portas eram mantidas trancadas, porque ele tinha medo de fantasmas.

No pátio do castelo, Rodrigo cultivava batatas e legumes, e era disso que se alimentava. Ele mesmo habitava um pequeno aposento ensolarado na torre sul, o único que ainda estava mais ou menos conservado. Nesse quarto, havia uma cama, e, numa lareira aberta, ele cozinhava suas refeições, sopa de legumes na maioria das vezes, e, sobretudo, dedicava-se à sua ocupação predileta, a saber, o cultivo de cactos. Ele gostava principalmente dos pequenos e de formato circular, era como se fossem seus filhos. Cada um tinha um nome, e ele podia ficar ali, observando-os carinhosamente por horas a fio. O cavaleiro se sentia interiormente conectado a eles, porque eram tão despretensiosos e discretos, mas sobretudo porque faziam brotar as mais belas e delicadas flores que se podia imaginar (se recebessem zelosos cuidados para que pudessem florir, o que de fato poderia custar anos de paciência).

As coisas que mais afligiam o sensível ânimo de Rodrigo Rufião eram raio e trovão. Durante a terrível tempestade da noite anterior, tinha estado todo o tempo sentado e enrijecido sobre os travesseiros de sua cama, esperando com o rosto pálido por seu fim. Ele tinha vestido sua armadura de cavaleiro para ficar com uma aparência minimamente respeitável, caso recebesse o chamado para se juntar aos seus antepassados. Havia erguido o grosso acolchoado de penas até o queixo e, a cada raio, puxava-o por cima da cabeça e do elmo. Quando a tempestade finalmente diminuiu e passou, ele, exausto – embora estivesse muito grato por seu misericordioso destino –, afundou-se nos travesseiros, mas não conseguiu adormecer.

Então, de repente, ressoaram as altas batidas no portão do castelo. O senhor Rodrigo Rufião saltou do seu estado de torpor, e sua barba preta ficou arrepiada de pavor. Nunca antes, em todos esses anos, acontecera de alguém se atrever a se aproximar assim do Castelo do Calafrio. E, quem o fazia naquela hora da noite, após aquela tempestade, deveria ser do pior tipo. Uma invasão, para Rodrigo isso era evidente. Ele permaneceu calado como um rato, era sua única esperança para enganar a horda de assassinos lá fora. Se fizesse como se não existisse, talvez eles acreditassem nisso e se retirassem de mãos vazias.

O resto da noite, ele se dedicou a tremer de medo; mas, quando amanheceu, sem que as terríveis batidas se tivessem repetido, Rodrigo recobrou a esperança e foi tomado pela curiosidade. Ele queria verificar se, em algum rastro, pudesse talvez reconhecer quem teria desejado visitá-lo.

Ele desceu as escadas em caracol, passou pelo pátio em direção ao portal e empurrou com cuidado a grossa viga de carvalho que funcionava como tranca. O batente do portão rangeu ao abrir uma fresta, e ele espiou com os olhos o lado de fora, mas não conseguiu ver nada. Então, de repente, a porta foi empurrada pelo outro lado de forma extremamente grosseira, e o senhor Rodrigo ficou perplexo e de queixo caído.

Quem entrava saltitante ali era um garoto pequeno e bem encharcado, vestindo um traje de malhas coloridas e de cabelos despenteados e vermelhos como uma raposa. Ele agarrou a mão grosseira e gigante do cavaleiro com força e disse com a expressão mais séria do mundo:

– Finalmente. O senhor deve ter dormido muito bem. Bom dia, senhor cavaleiro fora da lei Rodrigo Rufião! A partir de agora, sou seu novo escudeiro. Meu nome é Menino. Além do mais, estou com muita fome. O que tem de café da manhã?

Depois ele espirrou algumas vezes, alto e desinibido.

– Ora, ora – disse Rodrigo, boquiaberto. – Aha. Ué? Como assim?

– Mas o senhor já tem um escudeiro? – Perguntou Menino.

– Não – respondeu Rodrigo –, não que eu saiba.

– Justamente – constatou Menino, satisfeito –, então o senhor precisa de mim.

– De jeito nenhum – retrucou Rodrigo. – Alto lá, fique aqui! Parado! Onde você está indo?

Menino já tinha passado por ele e estava no pátio, olhando ao redor em reconhecimento.

– Gostei daqui – disse ele. – Onde é meu quarto?

– Escute aqui, Menino – gritou Rodrigo –, você tem de ir embora imediatamente! Aqui não é um parquinho para crianças, não, de jeito nenhum.

– Verdade – disse Menino –, e é precisamente por isso que gostei daqui.

E espirrou mais uma vez.

– Você poderia espirrar na outra direção? – Perguntou Rodrigo. – Se estiver resfriado, não gostaria de me contaminar.

– Não se preocupe comigo – respondeu Menino.

– Você deveria ir para casa e tomar remédio – sugeriu o cavaleiro fora da lei –, senão pode pegar uma pneumonia.

– Isso não é nada – esclareceu Menino, subindo a escada em caracol em direção ao aposento de Rodrigo. O cavaleiro se esforçava para acompanhá-lo, já estava sem fôlego.

– Quem são seus pais? – Quis saber.

Menino deu de ombros, com desdém:

– Ah, eles! Não vou voltar para eles. Nunca mais!

– E por que não?

– Eles não me entendem. São tão recatados e modestos, verdadeiros caretas. Sou proveniente da linhagem do conde de Puxacordel.

– Nunca ouvi falar – murmurou Rodrigo. – E o que lhe incomoda nisso?

– É sempre um tal de "isso não funciona" e "isso não se pode" e "não faça isso" e "não faça aquilo". Não quero mais fazer parte desse estardalhaço chato. Ser sempre bonzinho é extremamente entediante. Prefiro ser um cara livre e temido por todos, como o senhor, o terror dos viajantes e dos cavaleiros.

– Pois é, então... – Objetou Rodrigo, mas Menino continuou:

– O senhor é meu grande exemplo, senhor Rodrigo Rufião. Todos sempre disseram para mim: se você continuar assim, vai acabar-se tornando um cavaleiro fora da lei. E é justamente isso o que serei agora.

– Ora, pois, mas isso não é assim tão fácil – Rodrigo tentava contrariar.

– Sei disso – respondeu Menino –, mas tomei essa decisão, e não há nada que possa ser mudado, porque sou um grande cabeça-dura. Aliás, posso chamá-lo logo de "você" e de "tio Ródi"?

– Não – bufou o cavaleiro –, de jeito nenhum!

– Bom, tio Ródi – prosseguiu Menino, impassível –, então estamos de acordo. Estou aqui, e ficarei aqui. Agora sou Menino, seu escudeiro.

Nesse meio tempo, eles haviam chegado ao quarto de Rodrigo, na torre. Menino foi direto aos cactos, no peitoril da janela.

– O que são esses tubérculos esquisitos?

Ele cutucou um deles com o dedo.

– Ai! – Exclamou e, sem querer, derrubou o vaso que se fez em cacos.

Naquele momento, Rodrigo Rufião reuniu todas as suas forças. Encheu o imenso peito e rugiu:

– Era Tusnelda, a mais delicada de todas! Vá já embora! Não preciso de você aqui! E não encoste mais nos meus cactos, entendido?

– Está bem – disse Menino, tentando acalmá-lo –, não precisa ficar nervoso, tio Ródi, só porque levei uma espetada, para mim não foi nada.

– Para mim, foi! – Bufou Rodrigo, virando os olhos. – E se você não desaparecer agora mesmo, garotinho, vou pô-lo para fora com minhas próprias mãos!

Ele agarrou Menino para pôr suas palavras em prática, mas de repente se reteve e uma expressão perplexa tomou conta de seu rosto.

– Você está fervendo, pequeno – disse ele –, de fato, você está com febre! Deve ter pegado um resfriado danado durante a noite. – E, colocando a mão sobre a testa do garoto: – Sim, sem dúvida. Mostre a língua!

Menino esticou a língua para fora.

– Você está doente – constatou Rodrigo –, e muito. Precisa deitar-se imediatamente. Com essas coisas não se brinca.

– Eu não vou para a cama.

– Vai, sim, e já.

– Não.

– É o que vamos ver.

– Eu não quero, e não vou.

– Um escudeiro deve obedecer ao seu cavaleiro de qualquer maneira, imediatamente ao receber a ordem. Se eu disser "pule da janela", então você pula da janela. Se eu digo "já para a cama", então você vai para a cama, entendido?

Menino olhava desconfiado para Rodrigo.

– É verdade, ou só está falando isso para me convencer?

– É verdade, palavra de cavaleiro fora da lei! Se você não obedecer, não poderá ser escudeiro.

– E, se eu fizer isso, serei então seu escudeiro?

– N... está bem, por mim, pode ser – disse Rodrigo.

Sem palavras, Menino despiu suas roupas molhadas. Rodrigo fez a cama, e Menino escorregou para dentro. Ele deixou que embrulhasse seu pescoço com um pano gelado e bebericou, sem objeção, o chá de camomila e mel que o cavaleiro preparara para ele.

Nas noites seguintes, Rodrigo Rufião dormiu sentado na velha poltrona de orelha com braços. Não era especialmente confortável, mas seria por pouco tempo, dizia para si mesmo; assim que o garoto tivesse recuperado a saúde, daria um jeito de se livrar dele.

Durante o dia, eles contavam um para o outro sobre as aventuras que eles supostamente teriam vivido e, assim, mentiam tanto um para o outro que as vigas decrépitas do aposento da torre se envergavam. Primeiro, Menino contou sobre todas as possíveis travessuras e crueldades que, na verdade, é claro que ele nunca havia cometido. O garoto só queria mostrar que, dentro dele, havia um quê de legítimo e inescrupuloso cavaleiro fora da lei.

Pouco a pouco, foi a vez de Rodrigo, que inventou as histórias mais espantosas nas quais ele mesmo era sempre a figura mais grandiosa e assustadora que havia. Contou sobre arriscados assaltos a carruagens principescas, nas quais ele, completamente sozinho, teria vencido um soldado de infantaria; sobre invasões a câmaras do tesouro real, nas quais teria conseguido apanhar sacos cheios de ouro e diamantes; sobre torneios, nos quais teria perfurado com a lança três adversários, como um espetinho de churrasco; sobre um jogo de cartas, no qual teria conseguido enganar o diabo em pessoa; sobre uma cavalgada selvagem que teria feito sobre um monstro marinho, domado por ele; e sobre fantasiosas bebedeiras com três gigantes da neve, habitantes do Polo Norte, os quais Rodrigo teria embriagado até que desmaiassem debaixo da mesa, para assaltá-los até a alma.

Menino escutava e queria sempre mais. Seus olhos brilhavam, e suas orelhas ferviam, mas não por causa da febre (que já havia passado há muito tempo), mas de admiração. Ele dizia toda hora:

– Tio Ródi, você é mesmo o maioral. Quero ser como você algum dia.

A admiração do jovem hóspede fez muito bem a Rodrigo Rufião. Ele florescia de animação com suas lorotas. Aquele Menino lhe parecia cada vez mais simpático.

"Realmente, um menino muito amável", pensava consigo mesmo, "uma pena que terei de me livrar dele o mais cedo possível, senão descobriria minha oficina de gesso e depois sairia contando para todo o lado que pudesse e acabaria com a minha má reputação."

A questão de livrar-se dele era, no entanto, mais fácil de dizer do que de fazer. De qualquer forma, Rodrigo trancou com cuidado a porta da mencionada oficina e levava a chave consigo, dia e noite. Quando Menino, após alguns dias, já havia recuperado completamente a saúde, ele lhe deu as chaves de todas as outras portas do castelo, para que ele pudesse olhar ao redor. O anel de chaves era tão grande e pesado que Menino o carregava com muito esforço. Mesmo assim, conseguiu abrir uma porta trancada depois da outra. Assim, ele inspecionou os salões e aposentos, nos quais a camada de poeira atingia um dedo de grossura, e as teias de aranha se penduravam entre os móveis; caminhou pelas galerias compridas e pelos corredores com papéis de parede quase apodrecidos e quadros de parentes nos quais não se podia mais ver quase nada. É claro que ele abriu todos os armários e baús para analisar seu conteúdo. Por fim, chegou ao antigo salão das armas.

Ali repousavam em prateleiras por toda a extensão da parede numerosas cotas de malha, elmos, braçadeiras, armaduras para pernas, escudos, espadas, bastões espinhosos, alabardas, zagunchos, lanças de torneios, punhais, manoplas e tudo o mais que pertencia à equipagem de um cavaleiro fora da lei.

Menino sentiu seu coração bater mais forte. Como o salão não tinha janelas, foi buscar uma tocha, e submeteu todo aquele arsenal a uma inspeção minuciosa. Muitas das coisas já estavam enferrujadas demais e não poderiam ter mais utilidade; mas, por fim, encontrou uma armadura completa, com espada e escudo, que ainda estava em boas condições e que tinha o tamanho ideal para ele. Precisaria apenas limpá-la bem e lubrificá-la. Ele se enfiou na veste de ferro, colocou o elmo, prendeu a bainha com a espada ao cinto, segurou o escudo sobre o braço e marchou tinindo pelos salões e corredores, subindo a escada em caracol em direção ao quarto da torre, onde Rodrigo Rufião se ocupava com seus cactos.

Primeiro, o cavaleiro fora da lei engoliu ar de susto, pois Menino havia abaixado a viseira do elmo, de modo que não se podia reconhecê-lo.

– Tio Ródi – disse Menino, soando um pouco metálico –, veja só o que encontrei.

– Ah, é você! – Suspirou Rodrigo, aliviado por ter pensado que avistara um fantasma em plena luz do dia.

– Isso agora me pertence – explicou Menino com determinação, levantando a viseira.

Naquele instante, Rodrigo Rufião teve uma ideia que poderia fazer com que o garoto retornasse para casa.

– Não – disse ele –, para isso você precisa tornar-se primeiro um cavaleiro. Mas você ainda nem passou na prova de escudeiro.

– Prova de escudeiro? – Perguntou Menino. – O que é isso?

Rodrigo se sentou na poltrona de braços e explicou:

– Se quiser realmente se tornar um escudeiro de cavaleiro fora da lei, então tem de provar primeiro que está seriamente decidido.

– Mas eu estou – disse Menino, tentando parecer sério.

– Pois isso qualquer um pode dizer – murmurou Rodrigo –, mas você precisa dar prova de que não tem medo de nada e que não dará para trás assustado diante de nenhuma atrocidade. Você precisa cometer o crime mais grave possível, completamente sozinho e sem ajuda de ninguém; e certamente não é isso o que você quer.

– Sim – respondeu Menino –, será feito. O que devo realizar, por exemplo?

Rodrigo coçou atrás da orelha.

– Isso eu não posso dizer, você terá de descobrir sozinho. É aí que está a prova. Você percebe então como é difícil, muito difícil, para alguém como você? Pois escute meu conselho e deixe isso para lá.

Calado, Menino despiu a armadura e também abandonou a espada e o escudo. Rodrigo acenou contente com a cabeça, pois já acreditava que tinha conquistado seu objetivo.

– Vou sair agora mesmo – disse Menino, decidido.

– Espere aí, meu garoto – gaguejou Rodrigo, confuso –, o que significa isso? Aonde você quer ir?

– Ora! Vencer a prova como você falou, tio Ródi.

– Mas – de repente, Rodrigo foi tomado por uma expressão de completa infelicidade –, você não deve estar falando sério. Uma coisa dessas não é um simples passeio de domingo.

– Espero que não – respondeu Menino. – E, enquanto isso, essas coisas ficam aqui até eu voltar. Ninguém mais pode ficar com elas. Prometa para mim?

– Bom... – Pronunciou Rodrigo. – Caso você não mude de ideia ao longo do caminho. – Ele praguejava contra si mesmo por causa daquela sua ideia. Aquele garoto não era fácil de ser desencorajado.

– Você ficará orgulhoso de mim, tio Ródi – assegurou Menino, estendendo a mão ao cavaleiro. – Então, adeus. Até logo!

Rodrigo olhou com preocupação para o rosto cheio de sardas e engoliu em seco uma, duas vezes, antes de dizer:

– Como assim? O quê? Você já vai saindo assim? Agora mesmo?

– Quanto mais cedo eu começar – respondeu Menino –, mais cedo estarei de volta.

Rodrigo não sabia mais o que dizer. Mudo, apenas revolvia sua barba preta e desgrenhada.

Ambos seguiram juntos até o portão. O cavaleiro abriu e deixou Menino sair.

– Escute aqui – disse com voz pesada –, talvez eu não devesse ter-lhe contado sobre a prova e tudo aquilo. Se você deixar para lá, dou-lhe a armadura de presente. Que tal?

Menino balançou a cabeça.

– Aí não vale, tio Ródi. Quero tornar-me um cavaleiro fora da lei de verdade. Como você.

– Menino – disse Rodrigo –, devo-lhe dizer que você é um garoto muito esquisito.

– Eu sei – respondeu Menino, enchendo o peito –, não se preocupe comigo.

Ele acenou para se despedir, virou-se e passou pelo serpenteado caminho do rochedo, descendo o Cume do Arrepio, sem se virar nenhuma vez. Se, em algum momento, ele tivesse olhado para a esquerda ou para a direta, talvez notasse que muitas das caveiras estavam com aparência um pouco amolecida, pois Rodrigo Rufião ainda não havia tido oportunidade de consertá-las. Mas Menino estava muito compenetrado, pensando na prova de escudeiro-de-cavaleiro-fora-da-lei.

Rodrigo Rufião observou o garoto até que seu traje remendado e cheio de retalhos coloridos desapareceu entre o rochedo. Então, suspirou fundo:

– Pois bem – murmurou para si mesmo –, de qualquer forma, agora estou livre dele. Isso é o principal. Estou contente.

Mas ele não parecia estar nada contente, de jeito nenhum, quando retornou ao Castelo do Calafrio e trancou o portão atrás de si.

Capítulo Quatro

*Onde o Castelo do Calafrio é invadido
mais uma vez, e, por bem ou por mal,
Rodrigo Rufião se lança no mundo*

Bem cedo, no primeiro raio de luz de uma manhã de quinta-feira, Mamãe e Papai Dick saíram à procura de seu teimoso filho Menino. A carroça – sua casa sobre quatro rodas, de paredes coloridas e com a inscrição bilateral "Teatro de Fantoches do Papai Dick" –, eles largaram na terrível estrada às margens da Floresta do Temor. Os burros, Dolly e Willy e Ully, puderam ficar pastando na estreita trilha de relva que dividia a estrada.

À luz do sol, aquele caminho parecia ser um pouco mais amigável do que na noite escura como breu, sombria como corvo e preta como carvão; ao som do assobio do vendaval; dos rufos da chuva; dos raios fulminantes e dos estrondos dos trovões. No chão, aqui e ali, os raios do sol faziam as poças d'água cintilar, como se elas estivessem dando piscadelas para dizer que toda a noite anterior havia sido apenas uma piada boba do clima, e o desaparecimento de Menino, um mero sonho ruim.

Mas, de manhã, Menino não se encontrava deitado na cama estreita superior sobre a larga cama do casal Dick, e a Floresta do Temor não parecia ser menos tenebrosa à fresca luz do sol de uma quinta-feira do que à fustigante tempestade de uma quarta-feira à noite.

Por essa razão, Mamãe e Papai Dick não se atreveram a adentrar muito fundo na floresta. Por medo de se perderem na mais densa mata, de trombarem com raízes, espíritos da floresta, ou, o pior de tudo, com Rodrigo Rufião, eles mantiveram o caminho e a carroça sempre à vista. Na verdade, eles não se atreveram nem a deixar o perímetro da floresta, e, para compensar, chamavam cada vez mais alto.

– Menino! – Eles gritavam. – Garoto! – Eles gritavam. – Filhinho! – E, além disso, eles gritavam, de acordo com quem estivesse falando e com qual das vozes se estivesse recuperando, brutais ameaças ou promessas vazias floresta adentro. Papai Dick ameaçava com bofetões, caso Menino não surgisse imediatamente naquele instante. Mamãe Dick prometeu primeiro panquecas caso o filho finalmente aparecesse, depois prometeu um cavalo só para ele.

Da floresta não ressoava nada de volta. Nada na quinta-feira, nada na sexta-feira, e também nada no sábado. Se o chamado de Mamãe e Papai Dick tinha algum efeito, era o de fazer gemerem toda manhã os espíritos da lama, gnomos das raízes e duendes da Floresta do Temor, quando recomeçavam os penosos gritos.

Também Sócrates, o papagaio, certamente ouvia os chamados de Papai e Mamãe Dick. Às vezes os ouvia bem próximos; às vezes, distantes – de acordo com a parte da Floresta do Temor que ele estivesse sobrevoando no momento. Ele era apenas um pequeno papagaio, não era mais tão jovem e, além do mais, estava acostumado a viajar apoiado sobre a haste da cortina de um teatro de fantoches, em vez de depender de suas asas para isso. Mesmo assim, mostrou considerável resistência naquele dia, tanto quanto na quinta e na sexta-feira. Somente no sábado é que se deu conta de que não encontraria Menino apenas com a ajuda de suas asas.

– Sócrates deve usar sua cabeça – disse para si mesmo, e, ao dizê-lo, foi atingido por um raio de sol que fez brilhar sua plumagem colorida. Por um instante, parecia realmente que o papagaio era um famoso palhaço que havia penetrado a sombria arena da Floresta do Temor para trazer um pouco de brilho ao obscuro número circense dos espíritos da lama, gnomos das raízes e duendes.

Sócrates não deixou mais nenhum minuto correr inutilmente. Ele não era um pássaro apenas extremamente inclinado ao pragmatismo, era também um pássaro da ação. Então, se arremessou sobre a superfície da Floresta do Temor, sem espreitar mais nenhuma vez por entre a densa copa de ramos. Não procurava mais pelo traje de malhas coloridas de Menino ou por seu cabelo luminoso e ruivo. Ele tinha um plano – e, para realizá-lo, precisava primeiro retornar ao teatro de fantoches, na estrada às margens da Floresta do Temor.

Encontrar o caminho não foi difícil. Sócrates precisou apenas seguir o chamado cada vez mais rouco de Papai e Mamãe Dick, que havia começado este sábado, como na sexta-feira e na quinta-feira anterior. Porque deixar as coisas serem como de costume era o que Papai e Mamãe Dick faziam de melhor. Eles nunca desviavam um passo do caminho pelo qual teriam enveredado uma vez. E assim também acabaram-se tornando marionetistas: eles simplesmente seguiram pelo mesmo caminho da Vovó e do Vovô Dick, já que os membros da família Dick se haviam tornado algum dia marionetistas. Sócrates achava, fazia tempo, que tão pouca fantasia e tanto conservadorismo não eram os melhores requisitos para o Teatro de Fantoches do Papai Dick. As peças do Papai Dick eram, aliás, as mais entediantes que ele já havia assistido.

O papagaio deixou ambos de pé e gritando na margem da estrada. Sobrevoou suas cabeças direto para a carroça dos fantoches, e o movimento de suas asas fez as marionetes dançarem. Um feiticeiro, pendurado no teto, esbarrou no seu vizinho, um dragão. E, na armação ao lado da haste da cortina de Sócrates, uma princesa empurrou um rei, pendurado sonolento pelas cordas.

Naquela manhã de sábado, Sócrates não tomou seu lugar de sempre na haste da cortina. Em vez disso, pousou sobre a mesa de jantar e, com ajuda de seu bico de papagaio, puxou um livro antiquíssimo de histórias de uma prateleira: precisamente aquele livro antiquíssimo do qual o Papai Dick tirava as histórias para seu teatro de fantoches, sem saber muito o que fazer com elas. O livro estalou sobre o tampo da mesa, como se alguém tivesse golpeado um tímpano. E, quando a poeira finalmente baixou, Sócrates virou as páginas para abri-lo novamente.

Ele virava página por página com seu bico afiado. Voava linha por linha com seus olhos afiados de papagaio. Se não podia encontrar Menino na Floresta do Temor, pensava consigo mesmo, talvez pudesse encontrá-lo naquele livro de histórias. Porque, por mais que aquele moleque destemido e teimoso fosse especial, certamente Menino não havia sido o primeiro a se lançar no mundo em busca da própria sorte! Deveria haver histórias que contassem sobre moleques como ele e, assim, dessem para

Sócrates algum indício de como a história de Menino continuaria. E, se ele encontrasse esse indício – assim pensava o astuto papagaio, que era grande amigo do pensamento prospectivo –, então talvez pudesse aguardar Menino na estação seguinte do seu caminho.

Menino desapareceu já no primeiro capítulo de sua história! Então, no segundo, e talvez no terceiro, deve ter seguido para buscar a imensidão desconhecida! No quarto capítulo, o mais tardar, Sócrates apareceria de novo para encontrar Menino no cruzamento decisivo – e, justamente porque previu corretamente o curso da história, e simplesmente pulou alguns capítulos do meio! – De qualquer forma, Menino já estava a uma vantagem considerável de três dias.

Sócrates folheava com cada vez mais ferocidade. Ele tinha na cabeça todas as peças de teatro que já conhecia, mas não imaginara a quantidade de conteúdo que nunca vira em apresentação. Conhecia centenas, mas o livro registrava centenas a mais. Além do mais, Sócrates não podia fazer uso de metade delas: em vez de contarem sobre alguém que partia de repente, contavam sobre alguém que chegava de repente.

E a outra metade que poderia ser útil para ele continha uma confusa quantidade de possibilidades. A cabeça de Sócrates começou logo a zunir. Havia meninos que se deparavam com uma fada boa e tinham direto a três desejos. Com o primeiro, desejavam ser levados para o outro lado do mundo. Havia meninos que desciam até o diabo nos infernos – algo que Sócrates julgava ser da capacidade de Menino; mas que ele logo descartou, por pensar que a entrada para os infernos não se encontraria justamente na Floresta do Temor. Outros garotos escalavam um monte e acabavam na caverna de um gigante; outros procuravam um cálice, um poço mágico ou um castelo amaldiçoado com uma princesa adormecida. E não eram poucos que, como constatou Sócrates, antes de buscarem um cálice, um poço mágico ou uma princesa adormecida, procuravam por um cavaleiro para se tornarem seu escudeiro.

E isso parecia combinar com Menino, que era tão jovem! Sócrates, que havia estado recurvado há tanto tempo sobre o livro de histórias, endireitou-se. Agora precisava pensar com perspicácia!

Mamãe Dick não havia falado incessantemente, mesmo que por debaixo dos panos, sobre um cavaleiro fora da lei que vivia na Floresta do Temor, chamado Rodrigo Rufião? E Sócrates mesmo não avistara ao longe em sua busca umas torres tortas sobre o cume de uma montanha?

Uma coisa não se encaixava na outra, mesmo que o cavaleiro em questão não fosse um nobre cavaleiro, mas um cavaleiro fora da lei? Menino, pensou Sócrates, não agiria dentro dos conformes. Diferente de seus pais, que nunca faziam nada diferente, Menino fazia, em princípio, tudo ao contrário. Um cavaleiro fora da lei lhe pareceria provavelmente exatamente apropriado!

A decisão de Sócrates estava tomada. Ele deixou o livro de histórias sobre a mesa, ainda iria precisar dele. E então voou lá fora até Papai e Mamãe Dick, para assumir o comando. O Teatro de Fantoches do Papai Dick partiria rumo ao cavaleiro fora da lei Rodrigo Rufião!

E assim aconteceu, porque Sócrates, o papagaio, podia ser muito convincente. Os burros, Dolly, Willy e Ully, foram atrelados, Papai e Mamãe Dick escalaram aos suspiros o banco do cocheiro, e Sócrates se acomodou satisfeito sobre a chaminé metálica, que ficava no topo do telhado da carroça dos fantoches. Lá em cima, ele parecia ser uma bandeira colorida.

– Upa, upa! – Exclamou, finalmente.

Mas nada aconteceu. Os burros, Dolly, Willy e Ulli, deixaram as cabeças caírem como se tivessem adormecido de novo. E Papai e Mamãe Dick? Nem se sabia se eles estavam de fato sentados sobre o banco do cocheiro. Será que teriam fugido furtivamente dali, com o rabo entre as pernas, para não terem de encontrar Rodrigo Rufião? Sócrates não poderia saber, pois de seu mirante metálico não conseguia avistar o banco do cocheiro.

– Upa, upa! – Exclamou mais uma vez. – Deus do céu! Upa, upa! Vocês não estão ouvindo Sócrates?

À frente da carroça, um dos burros balançou a orelha como se quisesse espantar uma mosca inoportuna.

Sócrates foi tomado por uma fulminante e vermelha raiva de papagaio. Eles partiriam rumo à Floresta do Temor! Como e porque ele havia acabado de explicar minuciosamente, e nem Mamãe ou Papai Dick haviam protestado contra seu plano. Ao contrário, haviam olhado para ele com olhos arregalados e acenado com a cabeça, sem fôlego. Por que então eles não saíam do lugar?

– Efraim Emanuel Dick! – guinchou Sócrates sobre a ponta da chaminé metálica. – Você ficou surdo de repente?

Como vocês podem ter adivinhado corretamente, o casal Dick não havia dado no pé. Eles estavam apenas estarrecidos de medo, de modo que Papai Dick mal conseguia abrir a boca.

– Posso ouvi-lo, Sócrates – sussurrou ele finalmente, e uma piedosa brisa soprou sua vozinha trêmula para cima, em direção a Sócrates. – Só não sei se é mesmo uma boa ideia entrar na Floresta do Temor em direção a Rodrigo Rufião. Talvez fosse melhor esperar mais um pouco. Menino pode aparecer a qualquer instante...

Sócrates balançou a asa, jogando o resto da fala do Papai Dick no ar. Ela era tão previsível quanto as suas peças de teatro de fantoches.

– Estivemos esperando por três dias, Efraim Emanuel Dick! – Grasnou. – E, a cada hora que permanecemos à toa aqui, a vantagem de Menino se torna cada vez maior. Vocês querem seu filho de volta, ou não querem?

– É claro que queremos! – Exclamou Mamãe Dick do banco do cocheiro. – Mas nem sabemos se ele se meteu mesmo com esse cavaleiro fora da lei. Que criança pequena sairia assim, espontaneamente, em busca de um cavaleiro fora da lei?

– Menino, caramba! – Gralhou Sócrates sobre a chaminé. – Menino sairia espontaneamente em busca de um cavaleiro fora da lei! Não conhecem o filho de vocês?

Lá embaixo, no banco do cocheiro, houve silêncio. Nada além de perplexidade subia até Sócrates. Porque Papai e Mamãe Dick de fato não conheciam o filho. Menino e o casal Dick eram simplesmente diferentes demais. Menino não tinha medo de nada, e Papai e Mamãe Dick tinham medo de quase tudo. Menino queria que as coisas mudassem, e os pais queriam que tudo ficasse sempre igual.

– Upa, upa? – Guinchou Sócrates, quando imaginou que o casal Dick já tivesse refletido por tempo suficiente.

– Upa, upa! – Murmuraram Mamãe e Papai Dick, porque, por mais que o garoto fosse completamente diferente deles, ambos amavam o filho.

O Teatro de Fantoches do Papai Dick estrondeava por caminhos cada vez piores. Trambolhava por cima de talos de raízes cada vez mais grossos, passava por árvores cada vez mais nodosas. Quando uma árvore especialmente carrancuda esticava os tortuosos braços em direção a Sócrates, até mesmo o pragmático pássaro se sentia desconfortável. Centenas de olhos os observavam, enquanto eles se embrenhavam cada vez mais fundo na floresta, e milhares de gotas retumbavam em uma cadência macabra, porque a Floresta do Temor ainda estava encharcada após a tempestade na qual Menino desaparecera. Em algum momento, Sócrates achou que ouvira um gnomo das raízes espirrando ou um espírito da lama resfriado tossindo, mas ninguém apareceu para incomodar o Teatro de Fantoches do Papai Dick. Até mesmo o grande urso, que Sócrates avistou na densa brenha da floresta, os deixou em paz. Assim que percebeu a carroça dos fantoches, escondeu-se assustado atrás de um cogumelo gigante.

– Esquerda! – Ou: – Direita! – Grasnava Sócrates sobre a chaminé quando algo estranho o suficiente cruzava o caminho da floresta com eles, e assim manteve o Teatro de Fantoches do Papai Dick firme em direção ao Cume do Arrepio, até avistarem as cinco torres tortas do Castelo do Calafrio. Como vocês sabem, mas Sócrates e o casal Dick não sabiam, apenas uma única delas era habitada.

O Teatro de Fantoches do Papai Dick rangeu ao parar. Talvez os burros não quisessem continuar. Mas talvez o casal Dick tivesse perdido a coragem. Sócrates teria entendido. O papagaio espreitou o íngreme caminho que levava às pontas do rochedo em direção ao portão do castelo. Até então ele avistara o castelo apenas de longe. De perto, os muros pretos e as janelas cavernosas davam ainda mais arrepio.

Foi aqui, pensou Sócrates, que Menino, sozinho de tudo, teria escalado no meio da noite e na escuridão, debaixo da chuva crepitante e do uivo do vento? Teria acontecido aqui uma provável reviravolta na história? Mas histórias não precisam ser sempre prováveis. Pensando melhor, constatou o papagaio,

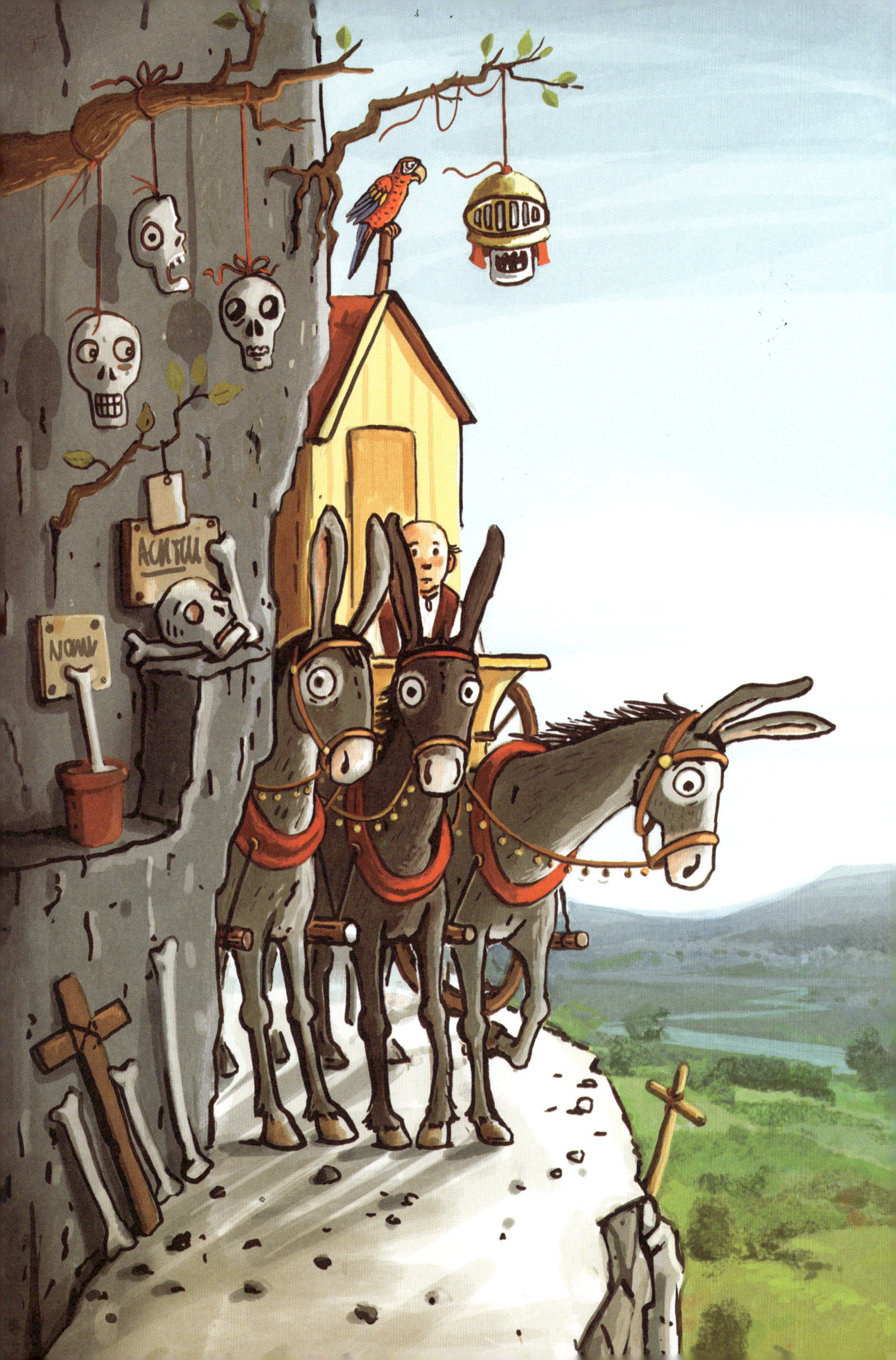

muitas boas histórias eram bastante improváveis. Eram, sim, significativamente avessas, e por isso lhe pareceu que um garoto como Menino poderia ter subido por um caminho como aquele, e propriamente sozinho em uma noite tempestuosa. É assim, e não de outro modo, que Menino apareceria no antiquíssimo livro de histórias.

– O que estão esperando? – Gralhou, portanto, Sócrates. O Teatro de Fantoches do Papai Dick rodou montanha acima, e na carroça as marionetes balançavam.

Se Sócrates olhasse para a direita, seu olhar encontraria um precipício sem chão, pelo qual a carroça dos fantoches poderia despencar a qualquer momento. Se olhasse para a esquerda, seu olhar encontraria os inúmeros túmulos. Às margens do caminho, havia uma cruz atrás da outra. E, porque a trilha era tão estreita, a carroça começou a andar tão devagar que Sócrates teve tempo de ler cada uma das lápides.

Aqui está enterrado o cavaleiro Bogumil Drohmir, ele leu.

Aqui descansam os cansados ossos reunidos do gigante Untam Menuwel, ele leu. E logo depois eles passaram estrondeando pelo pouco que restou dos treze bandoleiros do bando dos Berserk, e do dragão de quatorze cabeças, Deixaime. Doze cabeças, estava escrito na lápide, Rodrigo Rufião decapitou logo após o café da manhã; as duas restantes, logo antes do almoço.

Agora o casal Dick gemia sem parar, e Sócrates, no telhado, estava de penas arrepiadas. Nunca lera histórias que causassem tanto calafrio quanto aquelas nas lápides. Na verdade, não lhe parecia que estava passando por uma trilha de montanha, mas pelas páginas de um livro. Será que esse tal de Rodrigo Rufião, pensou o papagaio perito em histórias, era um cavaleiro fora da lei perito em histórias?

– Oh! Ah! De arrepiar! Que terrível! – Exclamava o casal Dick, quando a carroça dos fantoches passou por uma pilha completa de ossaturas humanas. Os esqueletos estavam presos por correntes enferrujadas à parede do rochedo e, sobre o crânio, vestiam elmos. O casal sentado sobre o banco do cocheiro precisou desviar o olhar. Sócrates, por sua vez, observou com mais atenção. Ele podia estar enganado, mas os esqueletos nas suas correntes lhe lembravam marionetes presas a cordéis muito especiais. Quando o Teatro de Fantoches do Papai Dick rolou sobre a ponte levadiça, o papagaio ajeitou sua plumagem, apreensivo. Haviam chegado ao imponente portão do castelo. Estava trancado, naturalmente. Em compensação, as tábuas na ponte levadiça estalavam como se fossem se quebrar a qualquer momento.

– E agora? – A voz fininha do Papai Dick soprava em direção ao papagaio.

– Agora você precisa bater na porta, Efraim Emanuel Dick – ordenou Sócrates. – Eu não consigo fazê-lo. Batida de asa ninguém escuta.

Papai Dick cambaleou com as pernas que pareciam ser de gelatina sobre a madeira podre da ponte levadiça, saltou desajeitadamente uma tábua que faltava, e quase teria desmaiado antes de descobrir a campainha com formato de cara de um diabo.

– Vá logo! – Grasnou Sócrates de seu mirante. – Imagino que nos estejam esperando.

Papai Dick bateu o mais baixo que se pode bater uma argola de ferro, e, quando a batida ecoou fantasmagoricamente no pátio do castelo, ficou mais perto de desmaiar do que antes.

Não se ouviu nenhuma resposta. Ninguém apareceu.

– Menino? – Chamou Mamãe Dick do banco do cocheiro, mas ela chamou tão baixinho que nem mesmo Sócrates, sobre a chaminé metálica, pôde ouvi-la.

Será que Menino também estivera ali, insistindo em vão em entrar? Perguntou-se o papagaio. Como a história teria continuado, e como ela continuaria então? O que Menino teria feito frente ao portão fechado não estava claro para ele. Mas o que ele mesmo tinha de fazer estava claro. Já que tinha asas, poderia fazer bom uso delas.

– Esperem aqui por mim! – Gralhou Sócrates para o casal Dick, esvoaçando sem fazer muita cerimônia sobre o portão.

– Menino? – Gritou ele, enquanto seu olhar caía de cima para baixo sobre o cultivo de legumes de Rodrigo Rufião. O papagaio não podia acreditar em seus olhos. O livro antiquíssimo de histórias não falava nada sobre um cavaleiro fora da lei que criasse batatas no átrio de seu castelo de cavaleiro fora da lei.

– Menino? – Gritou mais uma vez, e pousou no meio dos feijões de Rodrigo Rufião, porque não obteve resposta. Seu olhar aguçado de papagaio passava de uma torre à outra. A maioria delas parecia extremamente decrépita, apenas a torre sul aparentava ser mais ou menos habitável. – Nobre cavaleiro? – Tentou Sócrates, então. – Senhor cavaleiro fora da lei, morador do Castelo do Calafrio, sobre o Cume do Arrepio?

Nenhuma resposta. Em compensação, o papagaio ouviu estalos em um velho estábulo, não muito longe da horta de legumes. Sócrates se libertou dos ramos de feijão e se balançou até lá. Por sorte, a porta do estábulo estava aberta por uma fresta.

– Cavaleiro Rufião? – Chamou Sócrates novamente. Os estalos se repetiram, acompanhados dessa vez de um rangido. Como se alguém estivesse entortando uma chapa de metal com um alicate.

Sócrates seguiu o barulho no estábulo, onde há muito tempo não se encontravam mais cavalos de corrida. Em vez disso, o local havia sido transformado em uma oficina. Sobre uma mesa comprida, amontoavam-se pálidas caveiras e esqueletos, e, logo ao lado, havia um pequeno caneco de água e um saco aberto de gesso.

Sócrates sobrevoou a mesa e perfurou com seu bico afiado uma abóboda craniana ainda úmida. Ela era de gesso. Nenhum dos ossos sobre a mesa era de verdade. E, se nenhum dos ossos sobre a mesa era de verdade, concluiu Sócrates, então os crânios e esqueletos no caminho do rochedo também não eram de verdade. E, se os crânios e esqueletos no caminho do rochedo não eram de verdade, então também as inscrições nas lápides que lá estavam eram inventadas. E, se as inscrições nas lápides eram inventadas, então o cavaleiro fora da lei Rodrigo Rufião era, primeiro, um bom contador de histórias e, segundo, completamente inofensivo.

Sócrates levantou o bico sujo de gesso. Seu olhar afiado de papagaio se dirigiu então a um armário grande e imponente.

– O senhor não quer sair daí, cavaleiro Rufião? – Gralhou ele, pois não lhe havia escapado que os rangidos e estalos vinham exatamente daquele armário.

Estalou mais uma vez, e então ouviu-se a resposta:

– Prefiro ficar – soou a voz dentro do armário. – Mas, se não der para ser de outro jeito...

As portas do armário balançaram ao abrir, e, lá dentro, junto com todo o tipo de colheres e ferramentas, Sócrates avistou Rodrigo Rufião, encolhido, com mãos brancas de gesso e um elmo, que parecia que ele tinha acabado de vestir.

– Quem é você? – Perguntou claramente aliviado, porque o visitante não convidado não era nenhum cavaleiro com espada em punho, mas um pássaro de penas coloridas.

Sócrates encheu o peito e se apresentou:

– Sócrates é meu nome, e estou à procura de Menino. Creio que ele se tenha oferecido para ser seu escudeiro. É verdade?

Muito surpreso, Rodrigo Rufião, que naquele momento queria descer de seu esconderijo, afundou-se com um estalo novamente no armário.

– Como você sabe disso? – Perguntou com o rosto repentinamente pálido, como se tivesse avistado um fantasma.

– Posso dizer que li sobre isso em um antiquíssimo livro de histórias – respondeu Sócrates, não sem orgulho. – Mas deixemos isso de lado. Pois, infelizmente, Menino não pode permanecer sendo seu escudeiro. Estou aqui com seus pais. Eles o querem de volta, como o senhor de certo pode compreender.

– Mas é claro que entendo! – Exclamou Rodrigo Rufião, lutando dessa vez com sucesso para sair do armário, até que olhou para Sócrates com seus quase dois metros de altura, barba preta, sujo de gesso e com uma expressão de dor: – Mas infelizmente Menino não está mais comigo.

– O quê? – Foi a vez de Sócrates ficar surpreso. E para ele a surpresa era, todavia, seguida do aborrecimento. Do alto de seu entendimento, ele teria seguido Menino até o Castelo do Calafrio, para descobrir daquele plantador de batatas grudento de gesso que Menino já havia partido? Isso era contra as regras! Não tinha sido alertado sobre uma reviravolta assim no livro de histórias! Um menino destemido, que teria oferecido seus serviços a um destemido cavaleiro fora da lei, tinha mais era de ficar com o tal do destemido cavaleiro! Porém, Sócrates mesmo percebeu que algo ali não estava dentro dos conformes. Por mais destemido que Menino fosse, Rodrigo Rufião estava mais para medroso. Pois ele não tinha acabado de descer de seu esconderijo dentro do armário?

– Aonde ele foi? – Gralhou Sócrates, rouco e então esgotado daquele aborrecimento.

– Oh! – Rodrigo Rufião se afundou em uma cadeira suja de gesso e escondeu o rosto nas mãos sujas de gesso. – Menino partiu para cometer o crime mais grave possível, completamente sozinho e sem ajuda de ninguém! – Exclamou ele, e parecia prestes a derramar lágrimas. – O que foi que eu fiz?

E então, enquanto Sócrates caminhava nervoso entre as caveiras sobre a mesa, Rodrigo Rufião lhe contou toda a história, pois sua consciência pesada o afligia muito. Por mais que fosse difícil para ele, por outro lado, colocar aquilo para fora lhe fazia bem. Ele contou que Menino havia batido no portão naquela noite tempestuosa, e que ele, o cavaleiro Rodrigo Rufião, não deixou o garoto entrar por puro medo, de modo que Menino teria ficado doente com a chuva e com o vento. Depois, contou como cuidou de Menino até ele melhorar e lhe narrou histórias fictícias sobre cavaleiros fora da lei. E, por fim, contou com voz débil que, para se livrar de Menino, passou para ele uma prova, isto é, a de cometer o crime mais grave possível, completamente sozinho e sem ajuda de ninguém.

– Oh! – Exclamou Rodrigo Rufião ao fim. – Tenho tanta culpa sobre mim – e, ao dizê-lo, nem percebeu que aquilo era bem característico dos cavaleiros fora da lei. Cavaleiro fora da lei tinha mais de ser culpado.

– Hum – soltou Sócrates entre as caveiras sobre a mesa. – O senhor acredita que conseguiria fazer Menino mudar de ideia?

Rodrigo Rufião revolvia sua barba preta.

– Eu tentei! – Lamentou ele. – Mas esse garoto é...

– ... um perfeito cabeça-dura – grasnou Sócrates –, eu sei – ele circundou a caveira falsa seguinte. Depois, decidido, parou violentamente: – Temos de tentar mesmo assim! Escute, fora da lei, vamos seguir Menino juntos. Vamos evitar que sua história caminhe para o pior!

O cavaleiro fora da lei quase perdeu a voz de susto.

– Juntos? – Perguntou, rouco. – Caro Sócrates, eu nunca deixo o Castelo do Calafrio.

– Pois desta vez deixará – ordenou o papagaio rígido. O pássaro já estava com as mãos na massa, embora estritamente falando ele nem tivesse mãos. – A carroça dos fantoches, fora da lei – disse para Rodrigo Rufião –, o aguarda em frente ao portão.

Capítulo Cinco

Onde Menino se transforma em um monstro horrível

Não muito longe de onde Rodrigo Rufião se enfiava em uma armadura de sair, Menino se enfiava na mais densa mata da Floresta do Temor. Como vocês sabem, ele havia partido para cometer o crime mais grave possível. E, como vocês devem imaginar, Menino tinha apenas uma ideia muito imprecisa do que poderia ser esse crime. Porque não era a ganância, que move a maioria dos cavaleiros fora da lei, que movia Menino. Era o desejo de se tornar escudeiro de Rodrigo Rufião, para finalmente ser exatamente como Rodrigo Rufião.

Naturalmente tudo isso era um grande mal-entendido, porque de nenhuma maneira Menino queria ficar cultivando legumes no pátio do castelo, nem ficar criando cactos na torre sul, e muito menos ficar-se escondendo do mundo atrás de caveiras artesanais. Ele queria cavalgar criaturas marinhas, embriagar gigantes da neve e jogar cartas com o diabo – assim como o Rodrigo Rufião que existia apenas nas histórias inventadas por Rodrigo Rufião.

Na verdade, as criaturas marinhas, gigantes da neve e o diabo existiam a princípio apenas nas histórias de Rodrigo Rufião. Em todo o caso, elas não estavam na Floresta do Temor. Lá viviam, além dos ursos e jiboias, alguns fogo-fátuos e corriqueiros animais noturnos, principalmente espíritos da lama, gnomos das raízes e duendes. E, para eles, Menino, sedento de aventuras, não tinha olhos, talvez porque espíritos da lama, gnomos das raízes e duendes fossem abundantes nas florestas, mas fossem mais raros de encontrar nas histórias que Menino amava.

Para os gnomos das raízes, particularmente, aquele dia estava muito sofrido, pois o descuidadoso Menino lhes pisava continuamente sobre a cabeça. Uma vez, ele chegou a derrubar um duende, pensando que estava empurrando apenas um galho para o lado. E, quando um espírito lhe rogava uma praga para adverti-lo a não pisar sobre uma toca – tão caprichosamente cavada na lama –, Menino não ouvia. Afinal de contas, ele estava completamente ocupado, sonhando com criaturas marinhas, gigantes da neve e com o diabo, e, além disso, ele precisava bolar o crime mais grave possível. Será que deveria, como Rodrigo Rufião fizera antes, assaltar uma carruagem principesca e derrotar sozinho um soldado da infantaria? Ou seria melhor invadir uma câmara do tesouro real e apanhar sacos cheios de ouro e diamantes?

Menino ainda bolava outros crimes, quando entreouviu uma praga especialmente estridente rogada por um espírito, e pisou sobre uma toca de lama especialmente escura e profunda. E ele imediatamente desapareceu. A lama borbulhante se fechou sobre sua crista ruiva. Mas não pensem que a história de Menino acaba aqui, porque o espírito da lama, morador daquela toca, não queria dividi-la com ninguém, de jeito nenhum. Ele empurrou Menino para fora, e o garoto se encontrou novamente ofegante, no chão da floresta. Primeiro ele recuperou o fôlego, depois olhou surpreso para si mesmo: estava completamente coberto por lama preta, da cabeça aos pés. Do traje de arlequim que Mamãe Dick havia costurado não se podia ver mais nenhum retalhozinho, e, ao tatear os cabelos, Menino não sentiu seus reluzentes fios vermelhos, mas uma camada grossa de lama tão grudenta que ele nem conseguiu esfregá-la da face.

– Pois bem – disse para si mesmo –, se o tio Ródi não me concedeu uma armadura, então esta lama grudenta será minha armadura.

Menino achou que aquilo era realmente apropriado para um cavaleiro fora da lei, afinal um cavaleiro fora da lei não poderia ser especialmente limpo. Que um cavaleiro fora da lei se deixaria enfiar em uma banheira por Mamãe Dick – como Menino se deixava enfiar em uma banheira antes de misturar-se com os cavaleiros fora da lei – era inimaginável. Menino ficou tão satisfeito com esse pensamento que continuou feliz seu caminho pela Floresta do Temor e, por fim, assoviando alegremente, atingiu as margens da mata.

A certa altura, ele se encontrou em uma colina com vista para um belo vale. Em todo o horizonte não havia nenhum rochedo áspero, como aquele que abarrancava o Cume do Arrepio, nem as gigantes árvores carrancudas e as tocas de lama traiçoeiras que existiam na Floresta do Temor.

Em vez disso, Menino mirava colinas suavemente arqueadas, sobre as quais corriam caminhos retorcidos com margens delimitadas por fofos arbustos e embalados por uma brisa amena. Pouco antes, a copa da Floresta do Temor cobria de sombra o caminho de Menino; agora o sol amarelo no céu azul raiava benevolente sobre a relva verde.

Menino teria combinado muito bem com aquela paisagem em sua fantasia colorida de arlequim, mas com a armadura de lama ele se parecia mais com uma criatura da Floresta do Temor, como se tivesse nascido nos escuros rochedos do Cume do Arrepio em uma avalanche de pedras e tivesse sido alimentado com pragas pelos espíritos da lama.

Na verdade, Menino já até se havia esquecido de que estava completamente vestido de lama. Ele olhava para a paisagem de seu futuro crime como para um presente bem embrulhado, e não pareceu surpreso ao avistar no topo da colina uma carruagem que se aproximava, como se alguém a tivesse chamado justamente para ele.

– Que maravilha – disse para si mesmo. – Então, o crime mais grave possível está decidido – e, com essas palavras, saiu em disparada, morro acima.

De fato, a carruagem que se aproximava parecia ter saído diretamente de uma das histórias fictícias de Rodrigo Rufião, de tanto que correspondia aos desejos de Menino. Rodrigo Rufião, sentado na velha poltrona de orelha com braços não poderia tê-la imaginado melhor. Ela não era apenas principescamente lustrada de branco, como era puxada por quatro principescos cavalos brancos e acompanhada de soldados de infantaria, vestido com uma armadura brilhante.

– Vou espetar os soldados em minha lança como um churrasquinho – disse Menino para si mesmo, andando com pressa e sem se dar conta de que nem ao menos possuía uma lança.

A cada passo que se aproximava da carruagem, Menino se enchia de alegria antecipada. Atacá-la lhe parecia uma ideia cada vez mais atrativa, conforme ia chegando a vê-la melhor. Os raios das rodas que giravam zelosas pintados de dourado! A lamparina no assento do cocheiro artisticamente estampada! Os arreios dos cavalos entrelaçados de ouro! A sublime bandeira carregada por um dos soldados acompanhantes! E, naquela bandeira, não havia sido bordada até mesmo uma coroa?

O grito de alegria de Menino ecoou sobre campos e trilhas, sobre as colinas verdes e subiu até o azul do céu. E naturalmente o seu grito de alegria ressoou até atingir a carruagem. O soldado de infantaria que a acompanhava, o cocheiro sobre o banco e seu suplente ao lado, e dois criados sentados sobre a retaguarda das estribeiras estavam grudados à carruagem como hoje os lixeiros ficam grudados ao caminhão de lixo. Mas essa é obviamente uma comparação inapropriada.

Então, todos eles, os soldados, o cocheiro, seu suplente e ambos os criados viram Menino chegar correndo. Mas estavam de fato vendo Menino? Estavam vendo um pequeno garoto que havia fugido do teatro de fantoches de seus pais para se colocar a serviço como escudeiro de um destemido cavaleiro fora da lei, e que, a caminho de sua prova, caíra em uma especialmente profunda toca de lama? É claro que não! Viram um monstro preto correndo em sua direção, e ele gritava como se estivesse possuído pelo diabo.

– Hah! – Gritava aquele monstro ainda por cima, enquanto se aproximava cada vez mais rápido e não se cansava ao fazê-lo. – Vou fazer churrasquinho de vocês!

O que vocês teriam feito nessa situação? Teriam abaixado a viseira e sacado a espada? Teriam galopado corajosamente ao encontro daquele monstro preto que gritava e que agora girava os braços?

Os soldados, o cocheiro, seu suplente e ambos os criados não fizeram isso, pois, como vocês devem saber, as pessoas na Idade

Média eram extremamente supersticiosas. Elas imaginavam que saberiam reconhecer alguém que tivesse saído dos infernos e, se um dia encontrassem alguém assim, procurariam fugir.

E foi exatamente isso o que os soldados, o cocheiro, seu suplente e ambos os criados fizeram. Os soldados fincaram as esporas nos cavalos, e o cocheiro e seu suplente desatrelaram, com as mãos tremendo, os animais da carruagem, para rapidamente se lançarem sobre seus dorsos e galopar atrás dos soldados.

Para Menino não restou nada além de gritar para eles:

– Ei! Seus covardes! Franguinhos! Trapos! Fracotes! Não fujam! Enfrentem a batalha! Voltem aqui, diabos! – Ele ficou gritando até que eles se tornaram uma mera nuvem de poeira no horizonte, e depois nem isso. Ficaram com tanto medo de Menino coberto de lama que foram tão longe que ninguém que aparece nesta história os avistou outra vez.

Quando eles desapareceram por completo, Menino estava ali com os ombros caídos, sem saber o que deveria fazer depois. Fazia sentido ainda assaltar a carruagem, agora que havia sido abandonada? Assaltar uma carruagem que não era vigiada certamente não valia como o crime mais grave possível. Menino blasfemou tanto que Mamãe e Papai Dick teriam ficado empalidecidos. Então, como um broto atrevido, floresceu nele novamente a curiosidade.

– Enfim – disse para si mesmo, porque o ânimo nunca lhe deixava por muito tempo –, a prova pode estar arruinada, mas ainda posso inspecionar a carruagem. Talvez encontre algo útil lá dentro. Espero só que não seja um tesouro, porque não sei como poderia fazer uso dele. Não teria sido roubado de forma honrada.

Ele marchou em direção à carruagem, já um pouco rígido, porque a lama preta que o cobria começava a ficar seca.

A carruagem era ainda mais suntuosa do que ele tinha pensado. Sob o sol, ela brilhava tão clara quanto uma joia, e, nas portas, havia o mesmo desenho da coroa que estava na bandeira que já havia desaparecido. Sem dúvida era uma coroa de rei, o que fez reacender o aborrecimento que Menino tinha então acabado de superar. Deixar os soldados de um príncipe escaparem seria algo talvez superável. Mas ser impedido de lutar contra os soldados de um rei era, ao contrário, um tremendo azar.

Com uma nova blasfêmia desenhada nos lábios, Menino escancarou a porta da carruagem.

– Que demora para me encontrar! Você é sempre tão lerdo?

Menino fechou a boca ainda antes de soltar a blasfêmia. Não que ele se tivesse assustado – Menino nunca se assustava –, mas ele estava surpreso de se deparar na carruagem com uma pequena princesa. E, sem dúvida, aquela menina era uma pequena princesa. Podia-se reconhecer isso no seu vestido longo e azul-turquesa, e na coroa prateada sobre os seus cabelos louros e brilhantes. Mas sobretudo podia-se reconhecer isso em seu olhar repreensivo, que fez despertar em Menino a necessidade imediata de se desculpar humilde e longamente.

Mas por quê? Ele ainda não tinha feito nenhum mal à princesa. E era sua culpa que seus soldados, cocheiro e criados tinham vergonhosamente dado no pé? Isso aborreceu mais a ele do que a ela!

– Quem é você? – perguntou Menino em seguida, em vez de pedir perdão conforme o olhar dela ordenava.

– Sou a princesa Filipa Anegunde Rosa – disse ela. – E, se quiser saber como me causou transtornos, devo bondosamente comunicar que estava a caminho de meu tio de sétimo grau, o rei Kilian, o Último. Ele mesmo não tem filhos, e por isso me escolheu para sucessão do trono. Em breve, está contando com seu falecimento.

– Oh – murmurou Menino. – Ele está doente? – Menino perguntou, não por compaixão. Assaltar a carruagem de um rei doente lhe pareceu ser ainda mais inofensivo do que a de um rei saudável. No seu ataque absolutamente nada se encaixava!

– Na verdade, não – respondeu Filipa Anegunde Rosa, ajeitando a coroa. – Ele só acha que está muito melancólico.

Menino olhou para ela perplexo, com seus grandes olhos azuis-claros no rosto coberto de lama.

– Quer dizer tristonho – explicou Filipa Anegunde Rosa. – Eu nunca estou tristonha. E você?

Menino balançou a cabeça, espalhando migalhas de lama pela carruagem.

A princesa apanhou uma de seu vestido.

– Diga-me, você nunca toma banho? – Perguntou.

– É que eu caí em uma toca de lama – explicou Menino, sentindo o impulso de se desculpar por sua vestimenta. Até então, tinha gostado da armadura de lama.

– Sorte sua – disse Filipa Anegunde Rosa. – Porque, se não estivesse completamente coberto por esse troço fedido, minha escolta não teria fugido de você.

– Azar o meu – disse Menino, que só naquele instante compreendeu toda a circunstância. – Porque, na verdade, eu queria lutar contra a sua escolta. Queria espetar os soldados na minha lança como churrasquinho. O cocheiro e os criados, naturalmente, não – ele endireitou as costas e estufou um pouco o peito coberto de lama.

– Sua lança? Que lança? – Perguntou a princesa.

Debaixo da lama, Menino ficou tão vermelho quanto seus cabelos.

– Tanto faz – murmurou ele. – Podemos deixar os detalhes de lado. Estou a caminho de cometer o crime mais grave possível para me tornar escudeiro do perigoso cavaleiro fora da lei Rodrigo Rufião.

– Então – disse a princesa –, não tem mais nada para lhe impedir. Afinal de contas, você deteve a herdeira do trono do rei Kilian, o Último.

– Temo que isso não baste – disse Menino. – Se tivesse lutado contra a sua escolha, teria significado algo. Mas, diga-me, o que há de perigoso em bater papo aqui com você?

Para a princesa parecia ser evidente:

– De certo você poderia lutar *comigo* – disse, depois de refletir um pouco. – Mas não vejo por que eu me colocaria a serviço de sua vontade. Princesas não devem servir a ninguém, sob nenhuma circunstância.

Menino balançou novamente a cabeça, dessa vez em pura compreensão, o que não o impediu de espalhar mais migalhas de lama sobre o vestido da princesa.

– Você poderia *raptar-me* – prosseguiu Filipa Anegunde Rosa. – Ser raptada parece ser algo bem típico de princesa. E me raptar não seria perigoso o suficiente? – Ela apanhou as novas migalhas de lama do vestido.

– Não sei – Menino pensava com muito esforço, de modo que uma mãozada cheia de lama estourou sobre sua testa. – Você acha que é perigoso o suficiente raptar uma princesa que teve a ideia de ser raptada?

– Isso não importa – assegurou-lhe Filipa Anegunde Rosa. – Lembre-se de que sou sobrinha do rei, que é meu tio de sétimo grau. Diversos cavaleiros no país tentarão libertar-me. E, ainda por cima, você poderia faturar uma recompensa. Não seria apenas um rapto de pessoa, mas também chantagem. Diga-me, qual é o seu nome?

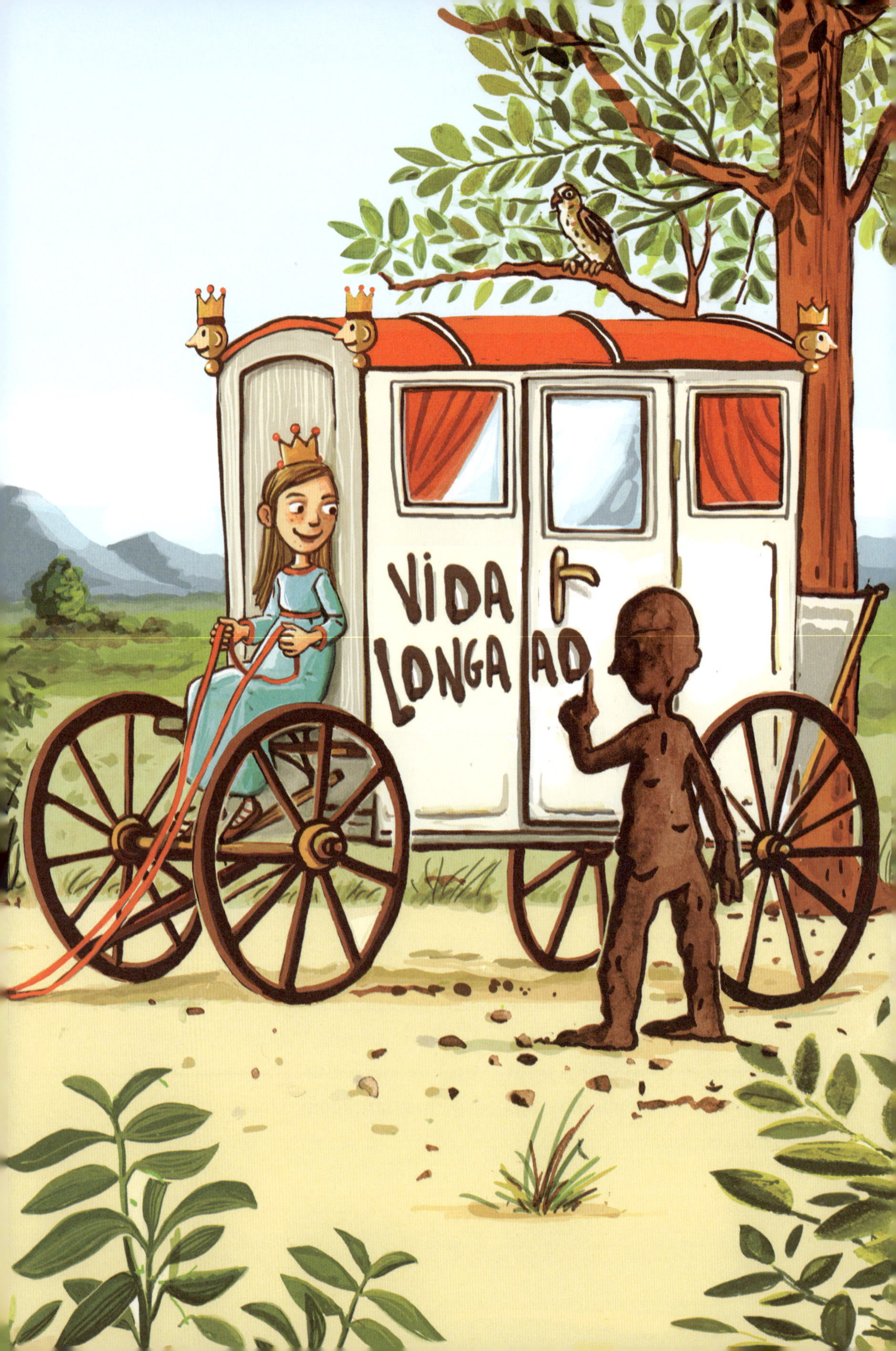
VIDA
LONGA AD

– Menino – disse Menino, sentindo novamente o impulso de pedir desculpas, dessa vez pelo nome que não soava muito cavaleiresco ou fora da lei.

– Meus amigos me chamam de Flip – disse Filipa Anegunde Rosa.

– Mas eu não sou seu amigo – respondeu Menino –, sou seu sequestrador.

– Pode-me chamar desse jeito mesmo assim – disse Flip. – Vamos? – E, segurando o vestido longo, ela desceu da carruagem.

– Um momento! – Menino se sentia apanhado de surpresa. Ao mesmo tempo, agradava-lhe a ideia de sequestrar uma princesa, e Flip agradava-lhe um pouquinho também. Mais do que tudo, gostava que ela não dava o braço a torcer.

Mas, antes de partirem, ele não precisava deixar uma marca? Rapidamente, subiu na carruagem, enfiou o dedo sobre a lama ainda úmida em sua barriga e começou a escrever:

VIDA LONGA AO CAVALEIRO FORA
DA LEI RODRIGO RUFIÃO!

Assim constava por fim em letras grandes pretas e enlameadas sobre a branca carruagem, e Menino contemplou sua obra satisfeito.

Capítulo Seis

Onde o feiticeiro da corte, Rabanus Rochus, recebe um corvo-correio – e onde surge um rei melancólico, como também um dragão ghudipanês

Rabanus Rochus, feiticeiro da corte do rei Kilian, o Último, estava sobre o telhado da torre do feiticeiro, que era armado de ameias denteadas e se encontrava em um canto escuro do jardim real. A torre era uma construção tenebrosa e úmida, e ficava ainda mais tenebrosa e úmida quanto mais fundo se adentrava nela. Pois a torre do feiticeiro, pertencente ao feiticeiro da corte, Rabanus Rochus, não se erguia somente até o céu, mas chegava até as profundezas debaixo da terra, onde Rabanus Rochus escondia seus segredos. Lá embaixo, no segundo porão mais profundo da torre, vivia um dragão secreto, mas falaremos disso um pouco mais adiante.

Por enquanto, Rabanus Rochus não estava ocupado com um dragão, mas com um corvo. Ele o viu aproximar-se através do periscópio. O corvo estava completamente esfarrapado e esgotado pelo longo caminho, quando pousou finalmente e cambaleante sobre uma das ameias da torre do feiticeiro.

– Seu bicho lerdo! Não poderia ter voado mais rápido? – Ralhou Rabanus Rochus. A barba do seu queixo tremulou, e sua capa esvoaçou quando ele correu em direção à ave, tomou-a com aspereza e arrancou de sua perna de corvo um pequeno cilindro de madeira. – Se continuar assim – bufou ele –, serão substituídos em breve por pombos. Então, nenhum homem jamais saberá que um dia existiram corvos-correio. E talvez seja melhor assim. Pois então pelo menos nos esqueceríamos de todo esse aborrecimento que temos com vocês.

Ele largou o corvo – que se segurou sobre uma das ameias –, e rosqueou às pressas o cilindro de madeira para abri-lo. Dentro se encontrava uma carta minúscula, escrita em letras minúsculas por um dos espiões de Rabanus Rochus. Enquanto o corvo-correio ajeitava suas penas, Rabanus Rochus tentava decifrar a carta, e ficava cada vez mais zangado ao fazê-lo.

– Filipa Anegunde Rosa? – Gritou. – Escolhida oficialmente para suceder o trono? E já está a caminho daqui? – Furioso, amassou o escrito minúsculo e começou a andar entre as ameias para lá e para cá. – Por que estou sabendo disso só agora? Como uma decisão importante dessas foi escondida de mim? Como qualquer coisa é escondida de mim?

Ele esticou os braços para o céu, como se o céu fosse responsável por aquilo, e depois seu olhar furibundo se voltou em direção ao palácio real do rei Kilian, o Último, no outro lado do jardim. Ficava ali, com sua torrezinha branca e telhados vermelhos, encantadoramente iluminado, e suas janelas grandes se abriam para o pitoresco lago do palácio, onde os lírios d'água tomavam banho de sol.

Rabanus Rochus, porém, não via essa beleza. Ele via apenas o poder que ordenava sobre o palácio, sobre o lago do palácio, sobre os campos e relvas e aldeias ao redor e sobre todas as pessoas que viviam ali. Rabanus Rochus cobiçava tanto esse poder que à noite, muitas vezes, não conseguia adormecer, e, quando conseguia, ao contrário das expectativas, era despertado pelo desejo de ele mesmo se tornar rei. Então, às pressas, corria para o topo da torre – ainda descalço e vestido com sua camisola preta e com sua touca de dormir preta – a fim de olhar com seu periscópio em direção à janela do aposento real para conferir se o rei Kilian se teria alterado finalmente durante a noite. Pois o rei estava, como vocês já sabem, melancólico, e Rabanus Rochus tinha muita esperança de que ele morreria em breve, devido à sua tristeza.

Então, assim imaginava o feiticeiro em suas noites insones, ele seria coroado rei, pois, além de Filipa Anegunde Rosa, o rei Kilian não tinha nenhum parente, e Filipa Anegunde Rosa era apenas uma criança, e, ademais, era uma menina. E, na sombria Idade Média, como vocês devem saber, rainhas não eram nenhuma obviedade. Que o feiticeiro da corte fosse coroado na ausência de filhos reais acontecia, todavia, com mais frequência.

Mas também nessa noite o rei Kilian não havia morrido. O periscópio revelara para Rabanus Rochus naquela manhã o que revelava para ele todas as manhãs: um rei adormecido sobre o leito almofadado de seu quarto, e que mal encontrava forças para se deixar ser vestido por seus criados.

– Filipa Anegunde Rosa! – Raivou Rabanus Rochus e jogou a cartinha amassada contra as ameias da torre. – Por que Filipa Anegunde Rosa, e não eu? Não é um direito do feiticeiro da corte ser o herdeiro do rei? Ele não me prometera, aquele balofo soprador de tristeza? Espere só, rei Kilian! Espere só, Filipa Anegunde Rosa!

E, com essas palavras, Rabanus Rochus – que agora era apenas uma tocha raivosa e tremulante – desceu às pressas pela sinistra escada em caracol a sinistra torre abaixo, girando e girando, mais fundo e mais fundo, enquanto suas blasfêmias ecoavam pelo vão da escada nos blocos de pedra úmidos e brilhantes. O objetivo de Rabanus Rochus era o segundo porão mais profundo, um calabouço circular e sem luz, onde o dragão secreto descansava.

O nome do dragão secreto era Wak, e Wak havia nascido há um tempo imemorável em um longínquo vulcão ghudipanês. Entre montanhas que cuspiam papa de fogo, ele havia eclodido de um ovo preto como piche, sobre uma pedra de carvão fumegante, e, por meia eternidade, permanecera entediado à beira de um fétido lago de enxofre. Um dragão como ele não tinha nada a oferecer à parca Ghudipan. Lá não havia nem ao menos uma cidade de dragões.

Então, em uma manhã esfumaçada e sulfurosa, Wak subiu ao céu para procurar a sorte no estrangeiro. Ele percorreu picos cheios de neve, desertos ardorosamente quentes, precipícios profundos e densas florestas, até que, por fim, na sarjeta de uma cidade decadente, encontrou um feiticeiro que não sabia fazer mágica. E talvez vocês já suspeitem de quem se trate esse feiticeiro inábil em feitiços: exatamente, ninguém mais do que Rabanus Rochus se encontrava ali, esfarrapado sobre a sarjeta, e estava tão desapontado e enfurecido com a sua condição como Wak estivera naquele campo de vulcões ghudipanês esquecido por Deus.

Que ambos se tornassem amigos, isso não aconteceu, por melhor que fossem as hipóteses. Mas, lá na sarjeta, eles travaram um acordo. Wak prometeu emprestar secretamente suas forças para Rabanus Rochus. Em troca, Rabanus Rochus prometeu a Wak aquilo que todos os dragões sonham: um tesouro de ouro sobre o qual ele pudesse deitar-se. Pois, de uma maneira muito elementar, vocês devem saber que dragões são profundamente sábios. Eles sabem que a semelhança entre "dispor" e "sobrepor" não é mera coincidência. Dragões querem um tesouro a seu "dis-por", apenas para poderem a ele se "sobre-por".

Até então, apenas Wak, e não Rabanus Rochus, tinha cumprido sua promessa. Com a ajuda do dragão, Rabanus Rochus se tornou o feiticeiro da corte do rei Kilian, o Último, sobre a qual sobrevoava à noite, para o espanto geral. Ninguém sabia que o Rabanus Rochus voador, na verdade, estava sentado sobre um dragão secreto. Pois Wak era preto como a noite, e seus olhos amarelos brilhavam no céu noturno como as estrelas. Quem não sabia dele, não podia vê-lo na escuridão da noite.

E ninguém sabia que o fogo do feiticeiro, que às vezes chamejava da chaminé de Rabanus Rochus, vinha na verdade do dragão Wak. Pois o dragão se aninhava quase sempre no segundo porão mais profundo da torre, e cuspia fogo na lareira, enquanto o feiticeiro, lá em cima sobre a ponta da torre, agitava magicamente os braços e conjurava fingidamente o fogo mágico.

Isso era bom para a imagem de Rabanus Rochus, mas para Wak não significava nada. Em vez de estar sobre um tesouro de ouro, ele ficava sobre um chão de porão duro, frio e ainda por cima úmido, e pensava às vezes que, naquelas circunstâncias, deveria ter ficado no campo de vulcões ghudipanês. Seu humor nunca tinha sido pior do que agora.

Wak, o dragão preto como a noite, cuspiu uma nuvem de fumaça fétida. Ele ouviu passos nos degraus da escada. O vão da escada se iluminou com o clarão do fogo. Rabanus Rochus se aproximou, e Wak apertou os olhos, em parte por desconfiança, em parte porque a luz da tocha o ofuscava. Ele havia permanecido mais uma vez por muitas horas na sombria obscuridade.

– Wak, meu amigo! – Exclamou Rabanus Rochus, a tocha de piche gotejando em sua mão.

As escamas pretas de Wak brilhavam sob o reflexo da chama. Um olho amarelo se abriu, ameaçador. Sua longa cauda de dragão, mais grossa que uma dúzia de gordas cobras estranguladoras, varria o chão, cética.

– O que você quer, Rabanus? – Trovejou Wak por fim, depois de deixar o feiticeiro esperando por receosos segundos. – Arranjar finalmente o meu tesouro? Ainda hoje, Rabanus?

Por mais que o dragão soasse ameaçador, não era do feitio de Rabanus Rochus se assustar. E, se ele sentisse medo algum dia – por exemplo, medo de ir parar na sarjeta mais uma vez –, ele não poderia perceber, pois sua raiva constante sobrepunha-se a todo o medo. Menino não tinha medo porque não conhecia o mal. Rabanus Rochus não conhecia o medo porque era sempre e somente mal.

Wak soprou uma nuvem de fumaça especialmente fétida e esperou até que Rabanus Rochus tossisse.

– Em breve – guinchou o feiticeiro finalmente, com um gosto miserável de enxofre na boca. – Em breve arranjarei o seu tesouro, meu precioso Wak, porém não hoje. Alguém se colocou entre você e o tesouro do rei.

– Quem? – Perguntou Wak, com rancor vulcânico. – Quem se atreve?

– Filipa Anegunde Rosa – disse Rabanus Rochus com olhos cheios de lágrimas. Nesse meio tempo, o segundo porão mais profundo tinha ficado repleto de fumaça mordaz. – Ela é a única parente do rei, e Kilian a requisitou contra minha vontade para princesa e herdeira do trono.

Wak rugia cheio de desdém. Fumaça branca de raiva vaporava de seus alentos.

– E, como você sabe, Wak – continuou Rabanus Rochus –, eu preciso primeiro me tornar rei antes de ceder o tesouro para você. Rei Rabanus! Rabanus, o Único! – Agora brilhavam não apenas os olhos de Wak, mas também os de Rabanus Rochus, e não por causa da fumaça ghudipanesa.

– Então se torne finalmente rei, Rabanus! – Trovejou o dragão, soando como uma avalanche de pedras. – Por acaso esse lamentável Kilian acordou hoje de manhã de novo? Você já espreitou pela fechadura da porta através do seu tubo de olhar, Rabanus?

– Logo depois de acordar – assegurou o feiticeiro, suprimindo um novo ataque de tosse. – Ele vive. E, por enquanto, está bom assim, meu amigo. Pois, no momento, Filipa Anegunde Rosa é quem irá suceder o trono, entende? Por essa razão, temos de nos livrar dela o mais rápido possível.

Wak parou de vaporar. Ele levantou a poderosa cabeça de dragão, que até então permanecera sonolenta, descansando sobre suas poderosas patas.

– Precisamente! – Exclamou Rabanus. – Você precisa se livrar dela! Meu amigo... – A barba do seu queixo balançou, quando Rabanus se inclinou para frente. – Você irá capturá-la ainda hoje à noite. Ela está a caminho daqui. Você terá de esperá-la. Eu...

Rabanus Rochus queria começar então a descrever para o dragão a carruagem real, na qual a princesa era enviada, quando o som penetrante de uma corneta o interrompeu. No palácio, chamavam para a caça, e era obrigação de Rabanus Rochus acompanhar o rei na caça. Não que Kilian, o Último, gostasse de sair a cavalo para caçar – acreditava que Kilian não fizesse nada na vida de que gostasse –, mas Rabanus Rochus precisava acompanhá-lo mesmo assim. O feiticeiro ralhou baixinho consigo mesmo.

– Preciso voltar ao palácio – disse para o dragão secreto. – Meu amigo, voltarei mais tarde!

Com a tocha flamejante, correu para o vão da escada. No meio da densa fumaça, ele era apenas uma sombra.

– Hoje à noite, Wak! – O dragão o ouviu gritar como despedida. Então, os passos de Rabanus Rochus se esvaneceram, e Wak se afundou novamente em seu familiar descontentamento.

Rabanus Rochus se apressou pelo jardim em direção ao palácio real, sob as esplêndidas árvores, passando pelo brilhante lago real, onde os gordos sapos se sentavam sobre os lírios d'água, e um orgulhoso cisne dava suas voltas. Com a capa esvoaçante e a barba do queixo tremulante, o feiticeiro escalou os degraus ao terraço do palácio, passando por três cuidadosos tocadores de corneta enfileirados, cuja orgulhosa obrigação era informar o pequeno reino sobre o plano de atividades de tempo livre do rei.

Apesar de que, como dissemos, sair a cavalo para caçar naquele dia lindo não fazia de maneira alguma parte do plano do rei Kilian, o Último. Pelo contrário, era o médico da corte, Medicus Padrubel, que havia receitado clinicamente a caça. Medicus Padrubel acreditava no efeito curador da atividade ao ar livre. A caça seria um medicamento contra a tristeza de Kilian.

Rabanus Rochus se deparou com Medicus Padrubel frente à porta articulada preciosamente adornada dos aposentos de Kilian, e esse encontro não melhorou o seu humor. Rabanus Rochus não suportava o médico da corte. Quando Rabanus Rochus era impaciente, Padrubel era paciente. Quando Rabanus Rochus era levado pelas más intenções, Padrubel tinha sempre o bem em vista. E, como vocês devem imaginar, Padrubel tinha uma considerável desconfiança de Rabanus Rochus. Para o gosto do médico da corte, o feiticeiro da corte queria informar-se com muita frequência a respeito da saúde do rei, e nunca parecia estar sinceramente preocupado, mas soava toda vez de forma especialmente ávida. E o dia de hoje não era uma exceção.

– Prezado Padrubel! – Exclamou Rabanus Rochus, aproximando-se apressadamente. – O senhor ainda está à espera do rei? Ele se encontra especialmente ruim hoje?

Ao redor do palácio, as cornetas soaram novamente. Padrubel esperou pacientemente, até que elas tivessem terminado, enquanto acariciava a barba pomposa, cinza-prateada. Era um homem sábio e tinha a aparência que os homens sábios costumam ter às vezes. Ele daria um belo busto, como aqueles feitos para as entradas das universidades.

– O rei achou difícil sair da cama hoje – disse Padrubel por fim, com sua voz reconfortante –, mas, no fundo, não mais difícil do que normalmente. Certamente ele aparecerá em breve.

E, nesse caso – como sobre sua desconfiança em relação a Rabanus Rochus –, Medicus Padrubel tinha razão. A porta articulada preciosamente adornada dos aposentos de Kilian se abriu, e um dos criados reais se posicionou à soleira.

– Rei Kilian, o Último! – Exclamou, como se isso não fosse óbvio. Pois do corredor já se podia ver o rei Kilian se arrastando, já vestido com trajes de caça e apoiado sobre o seu criado pessoal predileto. Rabanus Rochus teve a sensação de que ambos precisaram de uma eternidade para chegar à soleira. Mas, finalmente, Kilian se encontrava entre os dois criados e a porta. Ele era pequeno e redondo como uma bola, vestia uma peruca loura com reflexos avermelhados, e, contra a palidez, alguém

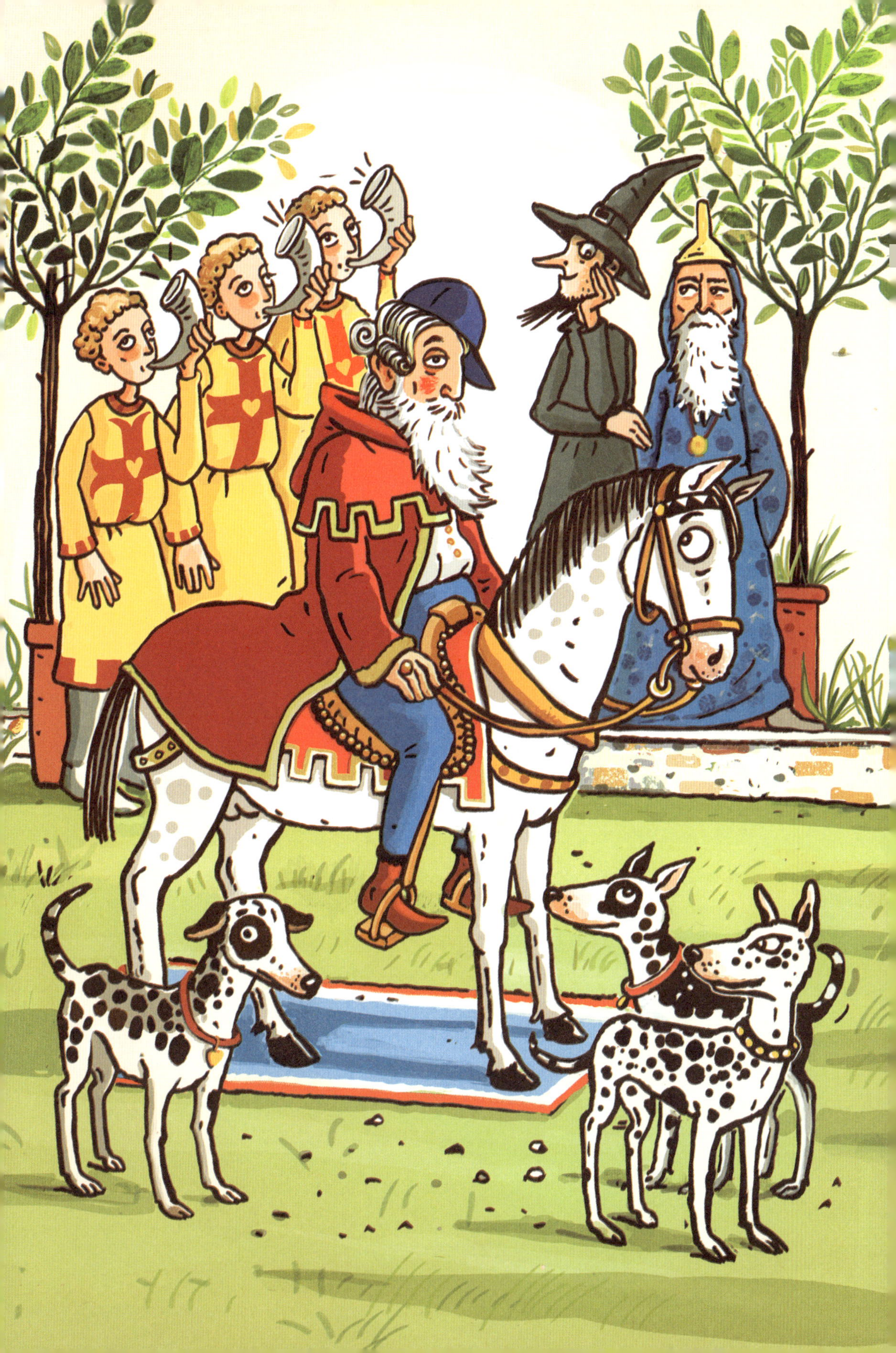

havia pintado suas bochechas moles e flácidas com cor vermelha de cochonilha.

O rei Kilian levantou o olhar para logo depois baixá-lo novamente. Então seus lábios se moveram mudos, e o queixo se afundou no peito:

– Eu me sinto exausto – rugiu no mesmo instante o criado pessoal predileto de Kilian, um rapaz grande e forte, com orelhas excepcionalmente enormes e que lhe permitiam em especial entender o rei. Pois Kilian, o Último, falava tão baixinho devido à sua profunda melancolia, que ninguém podia entendê-lo, a não ser o criado pessoal predileto. Então, ficou decidido que o criado pessoal predileto de Kilian traduzisse seu inaudível sussurro em inconfundível grito.

– Eu acho que meu sofrimento não me permitirá sair a cavalo para caçar hoje, estimado Padrubel! – Rugiu em seguida o criado pessoal predileto de Kilian, embora o rei permanecesse rígido e ninguém tivesse notado, nem ao menos o médico da corte, que Kilian, o Último, havia sussurrado alguma coisa. – Ai de mim! Preciso me deitar! – continuou o criado pessoal predileto. – Estou tão fraco hoje! – O criado pessoal predileto pigarreou e gritou ainda mais alto: – Tão fraco!

É provável que vocês estejam esperando que o rei retorne para o leito almofadado de seu aposento, mas com isso nenhum dos presentes estava contando, e muito menos o próprio rei Kilian. Ele estava acostumado a ser derrotado, e em todo caso deixava que isso acontecesse, o que não ocorre com frequência com um rei. Mas o rei Kilian, o Último, era mais um paciente do que um rei.

– A saída para a caça lhe fará bem, majestade – disse, então, Medicus Padrubel. – Como seu médico pessoal, devo insistir nisso.

Kilian desistiu com um aceno de cabeça cansado, quase imperceptível. Pois tudo aquilo fazia parte de uma peça de teatro cuidadosamente ensaiada, que era apresentada mais uma vez em todo o dia de caça. O rei Kilian protestava, e seu protesto não adiantava nada. Seus criados então começavam a arrastá-lo suavemente ao pátio da entrada, onde o colocavam por fim sobre o cavalo, com pegadas ensaiadas.

– AI DE MIM! POBRE ANIMAL! – Gritou o criado pessoal predileto, enquanto apertava as rédeas na mão do rei. – SINTO QUE QUER SAIR TANTO PARA CAÇAR QUANTO EU.

E assim, ao som das cornetas, o séquito partia: o feiticeiro da corte Rabanus Rochus, Medicus Padrubel, a criadagem e um rei que – com feição de sofrimento e peruca desgarrada – ia pendurado na sela ricamente bordada.

Capítulo Sete

*Onde tanto o rei quanto Rodrigo Rufião
são acometidos pelo pavor – ainda que por
razões diversas*

Ao mesmo tempo, ainda que em outro lugar, Rodrigo Rufião se encontrava como o rei Kilian. Pois o rei Kilian queria subir tão pouco no cavalo quanto Rodrigo Rufião queria embarcar na carroça dos fantoches.

Como vocês sabem, Rodrigo Rufião nunca saía para viajar. E, por isso mesmo, antes de aquele papagaio coagi-lo àquela partida apressada, ele nunca tinha nem sequer imaginado direito quantos muitos medos acompanhavam uma partida daquelas.

Primeiro, havia entre eles a preocupação em relação ao Castelo do Calafrio, que Rodrigo teve de abandonar em tropel. Havia regado os cactos? As ossadas de gesso no caminho de pedregulho estavam em condição apropriadamente assustadora? Será que na pressa ele teria possivelmente regado os cactos com muita força? E como estava o portão? Ele o teria trancado? Ou talvez não?

Rodrigo Rufião estava à beira de pedir ao pequeno papagaio que eles retornassem para vistoriar. Mas, então, pensava em Menino, e que eles precisavam se apressar radicalmente para impedir que o garoto cometesse o crime mais grave possível, e o cavaleiro descartava a ideia. Debaixo do capacete enferrujado com a viseira solta – que para a irritação de Rodrigo sempre se fechava nos momentos mais inoportunos –, o suor ainda cobria sua testa. O portão! Nesse meio tempo teve certeza de que tinha ficado aberto. Uma coisa dessas, quando ele tinha ainda mais medo de invasores do que de salteadores na Floresta do Temor!

Ele abriu a viseira – que se tinha fechado mais uma vez com um estalo – e lançou um olhar pela janela da carroça dos fantoches, em direção à floresta que passava por eles, e imaginava que atrás de cada árvore haveria um bando de ladrões. Então, olhava para cima, em direção a Sócrates, o papagaio, que folheava o grande livro e não se deixava atrapalhar nem pelo mais profundo buraco nem pelas nodosas raízes sobre os quais trambolhava o Teatro de Fantoches do Papai Dick.

Era de fato uma viagem turbulenta, e Rodrigo Rufião temia – em segundo ou já em terceiro lugar – ficar enjoado. Porventura lhe subia da região do estômago uma náusea violenta. Bem exatamente ele não conseguia dizer, porque toda a sua velha armadura o apertava e espremia, e por isso ele não sabia dizer de onde vinha seu mal-estar.

Havia escolhido a armadura com muita pressa, certamente haveria uma melhor no salão das armas, mas pelo menos ele não havia sido tão desmiolado de partir completamente sem armadura. Mas, infelizmente, havia-se esquecido do escudo e da espada e, por isso, além do mal-estar, também sofria de um sentimento de desproteção. Pois não parecia que Sócrates, sentado sobre o livro como em chocadeira, poderia protegê-lo em um caso de emergência. E ambos os Dick, sobre o banco do cocheiro, estavam evidentemente tão amedrontados quanto ele.

Mamãe Dick colocara a mão sobre a boca de medo, quando viu Rodrigo Rufião sair pelo portão do castelo de armadura, e Papai Dick chegara até mesmo a se esconder dele. O severo Sócrates teve de tirá-lo primeiro de debaixo do beliche antes de apresentá-los um para o outro.

– Este é o cavaleiro fora da lei Rodrigo Rufião, mas ele é completamente inofensivo – grasnou o papagaio; e, embora Rodrigo não quisesse de nenhum modo que Papai e Mamãe Dick tivessem medo dele, isso também não correspondia aos seus desejos. Ele tinha uma má reputação a perder e temia (em quarto ou quinto lugar) que a má reputação se perdesse na viagem tão rápido quanto uma bolsa de dinheiro.

Mas essa viagem não se tratava dele, e sim do temerário Menino, e então ele superou medo e timidez, afugentou o sapo da garganta e dirigiu a palavra para o folheador de páginas, Sócrates:

– Deve ser um livro muito emocionante. Você não consegue tirar os olhos dele – na verdade, Rodrigo Rufião estava com um pouco de inveja. Naquele momento, também teria gostado de se refugiar em uma história. Na sua casa, no Castelo do Calafrio, fazia isso com frequência, porque muitas vezes as histórias lhe eram preferíveis do que a realidade. Mas as histórias das quais ele mais gostava eram aquelas que ele mesmo inventava. Nesse caso, ele segurava a trama nas próprias mãos e não precisava ter medo de como elas iriam continuar.

Rodrigo Rufião lançou um olhar nostálgico para as marionetes que balançavam do teto da carroça dos fantoches. Se estivesse em melhores condições – e não cheio de medo, apertado em uma armadura desconfortável – teria vontade de brincar com elas.

– Não leio por diversão – ouviu Sócrates dizer –, estou trabalhando.

– Oh – murmurou o cavaleiro fora da lei. – Sinto muito. Não queria interromper – a viseira enfadonha farfalhou para baixo. Rodrigo Rufião hesitou antes de abri-la novamente.

– Não faz mal – disse o papagaio, agora em tom conciliador. – Não estou conseguindo progredir. Está muito cabeluda!

Rodrigo Rufião não sabia direito o que dizer sobre isso. Não estava claro para ele se o papagaio queria conversar ou não. Então, refletiu por bastante tempo, antes de superar mais uma vez a timidez.

– O que está cabeluda? – Perguntou finalmente, baixinho.

– A história de Menino! – Gralhou Sócrates sem delonga e começou a circular o livro pela mesa da cozinha. – Estou tentando prevê-la. Adivinhar como vai continuar. Quero saber, antes de Menino vivenciá-la. Para poder esperar por ele em determinada parte, e ainda antes de ele chegar a essa parte. Entende? – O papagaio ficou parado e observou o cavaleiro fora da lei com seus pequenos olhos pretos. – E então?

– Você está tentando descobrir o que Menino fará em seguida – disse Rodrigo Rufião depois de refletir um pouco.

– Exatamente! – Gralhou Sócrates, e continuou a fazer o caminho circular com o grosso livro.

– E o que – perguntou Rodrigo Rufião – esse livro tem a ver com isso? – Ele segurou a viseira, porque já imaginava que ela estava à beira de se fechar. Essa parte do caminho parecia estar especialmente irregular. A carroça dos fantoches pulava, como se estivesse atravessando um campo de lava congelada.

O olhar de Rodrigo Rufião caía sempre nas inúmeras marionetes, penduradas no teto da carroça dos fantoches, e que naquele momento balançavam para lá e para cá, como se estivessem num carrossel, cujos assentos são suspensos por correntes.

Sócrates foi, como era do seu feitio, breve. Ele relatou para o cavaleiro fora da lei sobre o antiquíssimo livro de histórias do qual o Papai Dick tirava material para as suas peças de teatro, e no qual tinham origem os diversos e complexos nomes de Menino, que vocês certamente já devem ter esquecido.

– Mas como a história de Menino pode estar neste livro, se ela está acontecendo só agora? – Quis saber Rodrigo Rufião.

– Histórias se parecem – respondeu o velho e sábio papagaio. – E elas se parecem com o que acontece na realidade – se Sócrates tivesse um dedo indicador, ele o teria levantado naquele momento. No caso, levantou uma perna a fim de contar nos dedos as possibilidades que havia considerado para a continuação da história de Menino: – Primeiro – disse Sócrates –, Menino encontrou o cavaleiro negro. Isso acontece com frequência nas histórias de cavalaria. E, desde que você apareceu, cavaleiro fora da lei, estamos lidando, na minha opinião, com uma história de cavalaria.

A viseira de Rodrigo Rufião se fechou na menção ao cavaleiro negro. De qualquer forma, isso escondeu por um instante a sua palidez. Imaginar-se como o cavaleiro negro era para ele um horror. Desencorajado, abriu novamente a viseira.

– Segunda possibilidade – disse Sócrates –, Menino quer roubar alguém. Acredito que isso seja especialmente provável, visto que se trata de cometer um crime grave e perigoso.

Rodrigo Rufião balançou a cabeça em concordância. Esse plano de Menino era somente culpa dele.

– Então, em seguida – prosseguiu Sócrates –, coloca-se a questão de o que ele gostaria de assaltar.

– Talvez um tesouro? – Perguntou Rodrigo Rufião, tímido. Era a resposta mais provável, embora ela lhe parecesse ser um pouco provável demais. Em boas histórias, pelo menos segundo sua experiência, aconteciam com frequência e justamente coisas não muito prováveis.

– Muito bem – gralhou Sócrates. – Esse também foi o meu pensamento. Vamos assumir então que ele roube um tesouro. A próxima questão seria então: de quem ele rouba esse tesouro? Lembre-se de que não deve ser um crime grave, mas também perigoso!

Rodrigo Rufião teria desejado coçar a cabeça, como muitas pessoas fazem ao pensar. Mas infelizmente ele vestia o capacete e precisou renunciar a isso: – Um tesouro – repetiu ele, pensativo, balançando a cabeça, em vez de coçá-la. – Tesouros são guardados frequentemente por furiosos anões.

– Perfeitamente! – Sócrates balançava com os dedos do pé. – Um ano mau! Ou…

O olhar de Rodrigo Rufião passou mais uma vez pelas marionetes penduradas, entre elas, preto como a noite, um…

– Um dragão! – Exclamou o cavaleiro fora da lei e saltou de susto. O pobre Menino se arriscaria em uma caverna de dragão? Eles (ele, Sócrates, os Dick, a carroça dos fantoches) estariam a caminho de uma caverna de dragão?

– Por acaso você não conhece nenhum dragão que possamos visitar? – Perguntou Sócrates. – Ou um anão furioso?

Rodrigo balançou a cabeça com força, de modo que a viseira se fechou novamente.

– Que pena – disse Sócrates, e, através da estreita brecha da viseira, Rodrigo viu o papagaio curvar-se mais uma vez sobre o antiquíssimo livro, balançando a cabeça. – Como, por diabos – murmurou ele –, essa história continua?

Logo depois, o Teatro de Fantoches do Papai Dick chegou à beira da Floresta do Temor, como Menino chegara anteriormente. Papai Dick freou os burros, Dolly, Willy e Ully, sobre um bem conhecido morro. Os sininhos, presos nos arreios e rédeas dos três burros, e que quase haviam enlouquecido os espíritos da lama, gnomos das raízes e duendes na Floresta do Temor com seu barulho, silenciaram. No interior da carroça dos fantoches, as frigideiras, panelas e colheres de cozinhar pararam de estalar. E até mesmo as marionetes, penduradas no teto e nas suas armações, ficaram paradas – como se elas também não soubessem como continuar. Foi um momento estranho, e Sócrates, que depois de muito tempo levantou os olhos do livro de história pela primeira vez, tinha a sensação de que aquele era um momento decisivo.

– Abra a porta para mim – disse para Rodrigo Rufião, e o cavaleiro fora da lei mal havia levantado a estrutura da cama larga de Mamãe e Papai Dick, obedecendo ao pedido do papagaio, quando a ave pequena e colorida saiu pela mesma porta pela qual também Menino desaparecera em uma quarta-feira chuvosa.

Sócrates, contudo, voou somente até o seu mirante, a chaminé metálica sobre o telhado da carroça dos fantoches. De lá, seu afiado olhar de papagaio caiu precisamente sobre o formoso vale, sobre o qual o olhar de Menino também caíra anteriormente. E, como Menino, Sócrates viu as colinas suavemente arqueadas, sobre as quais corriam caminhos retorcidos com margens delimitadas por fofos arbustos e embalados por uma brisa amena. E, como Menino, Sócrates encontrou uma carruagem real e branca em um dos caminhos.

Com efeito, a carruagem não era mais puxada por quatro cavalos principescos. Ela também não era mais acompanhada de um soldado da infantaria. Nenhuma das quatro rodas de raios dourados girava, e parecia que não havia ninguém sentado sobre o banco do cocheiro. Em vez disso, o cabeçalho estava caído em inutilidade, e a carruagem permanecia parada. Evidentemente ela havia sido abandonada.

Sócrates a observou do mirante longa e detalhadamente, mais longa e detalhadamente do que Mamãe e Papai Dick e o cavaleiro de armadura Rodrigo Rufião, que naquele meio tempo já haviam avançado até a beira do morro. Era provável que todos os quatro estivessem pensando a mesma coisa. Era provável que todos estivessem pensando no destemido Menino e em seu crime grave e perigoso.

Sócrates foi o primeiro a sair do torpor geral:

– Vocês ficam aqui em cima – gralhou para os Dick –, e nós – disse em direção a Rodrigo Rufião – vamo-nos aproximar dessa carruagem – e, assim, o papagaio esvoaçou morro abaixo, enquanto Rodrigo Rufião começou a segui-lo, depois de hesitar um pouco.

Em geral, cavaleiros fora da lei não conseguem voar; Rodrigo Rufião, particularmente, mal conseguia andar dentro da sua armadura. Rangendo e estalando e com a visão restrita devido à viseira solta, ele seguiu ladeira abaixo. E, enquanto derrapava em direção à carruagem abandonada, Rodrigo Rufião sentia falta da espada, do escudo e dos cactos em sua casa. Céus! Onde é que ele se havia metido?

Quando ele – suado, sem fôlego e de armadura apertada – atingiu finalmente a carruagem, Sócrates já voara ao redor dela várias vezes e, se Rodrigo Rufião interpretava corretamente seu olhar de papagaio, já havia feito uma descoberta perturbadora.

— Veja isto – gralhou o papagaio apenas, e dessa vez não gralhou porque papagaios gralham. Dessa vez, sua voz estava mesmo pesada.

O papagaio pousou sobre os ombros envoltos pela chapa de ferro de Rodrigo Rufião, e, juntos, eles rodearam a carruagem e fitaram a sua parede:

Vida longa ao cavaleiro fora da lei Rodrigo Rufião!

Assim constava em letras grandes, pretas e enlameadas sobre a branca carruagem. E, ainda enquanto Rodrigo Rufião lia, seu coração começou a disparar. Medo completamente puro tomou conta dele, e sua viseira se fechou em um estalo, mas seu olhar já havia escurecido de qualquer jeito.

Deus do céu! Lá estava seu nome sobre a carruagem, que obviamente havia sido o cenário de um terrível crime. Não era nada comparável às sepulturas ao longo do caminho de pedregulho. Ninguém iria querer vingar-se de Rodrigo Rufião porque ele derrotara o cavaleiro Bogumil Drohmir, porque na verdade não havia existido jamais um cavaleiro Bogumil Drohmir. Mas a carruagem pertencia a alguém que existia de verdade – e esse alguém era, como Rodrigo Rufião concluiu com o magnífico brasão, na pior das hipóteses, um rei. Certamente ele não convidaria Rodrigo Rufião para um chá de camomila com mel quando descobrisse o seu nome sobre a sua carruagem assaltada.

Se Rodrigo Rufião fosse outro homem, teria arrancado o papagaio do seu ombro e limpado a inscrição da carruagem com a plumagem da ave. Mas o homem que Rodrigo Rufião era exclamou apenas:

— Sócrates! Por favor! Preciso de um lencinho!

Como vocês devem imaginar, o papagaio não tinha nenhum lencinho. E já era tarde demais. Pois Sócrates mal havia guiado Rodrigo Rufião à inscrição lambuzada na parede da carruagem quando viu um grupinho de cavaleiros se aproximarem. Podiam ser cavaleiros da infantaria ou uma companhia de caça. De qualquer forma, a pragmática ave achou que seria muito perigoso permanecer próximo da carruagem. Pois aqueles que fossem apanhados pelos cavaleiros que se aproximavam se tornariam imediatamente suspeitos do assalto; e isso valia especialmente para quem se chamasse coincidentemente Rodrigo Rufião e fosse de profissão cavaleiro fora da lei.

– Lá vem alguém! – Sibilou então Sócrates. – Rápido! Precisamo-nos esconder antes que nos vejam! – E, assim, ele levantou do ombro de Rodrigo Rufião e voou o mais rápido que pôde em direção ao melhor arbusto mais próximo.

Rodrigo Rufião, na verdade, ainda estava ocupado com a terrível inscrição sobre a parede da carruagem, e mal sabia o que estava acontecendo. Ele abriu a viseira solta, viu os cavaleiros se aproximando e saiu imediatamente atrás do papagaio, com a viseira se fechando violentamente mais uma vez. Pois Sócrates tinha razão. Se *Rodrigo Rufião* já constava *da* carruagem, o verdadeiro Rodrigo Rufião não deveria se encontrar *em frente* à carruagem!

– Mais rápido, fora da lei! – Ouviu Sócrates gralhar atrás do melhor arbusto mais próximo e, em sua aflição, não sabia outro jeito de se ajudar a não ser dando um mergulho com sua armadura barulhenta. Rangendo, ele pousou de barriga atrás do arbusto, com o capacete fora do lugar e de armadura amassada.

– Psst! – Fez Sócrates apenas. Quando Rodrigo Rufião se libertou finalmente do capacete, ele viu a plumagem colorida do papagaio brilhar entre os galhos do arbusto. – O Senhor está quase lá – gralhou o papagaio.

Rodrigo Rufião ouviu cascos. Rangendo, ele se deitou direito para poder espiar pelos arbustos, o que lhe garantiu um olhar aborrecido do papagaio.

A pragmática ave contou um, dois, três, quatro, cinco cavalos. Os cavaleiros pareciam ser uma companhia de caça. E, porque Sócrates viajava por todo o país na carroça dos fantoches e costumava manter os olhos e ouvidos abertos e sabia de algumas coisas melhor que os músicos itinerantes, que na Idade Média transmitiam as notícias, já imaginava quem poderiam ser aqueles que haviam acabado de chegar a cavalo.

Sócrates já tinha ouvido falar sobre Kilian, o Último, que era conhecido por sua tristeza. E, se aquele rei pequeno e gordo, pendurado ali na sela, tão sem forças, era o rei Kilian, o Último, então aquela figura magra e vestida completamente de preto só poderia ser Rabanus Rochus, que supostamente conseguia acender um fogo mágico e voar pela noite escura como breu, sombria como corvo e preta como carvão.

Dois dos homens restantes, que Sócrates considerou serem criados, e o terceiro, de barba pomposa e prateada, só poderia ser na verdade o famoso médico Padrubel. Há anos que Padrubel se esforçava para curar a melancolia do rei Kilian, Sócrates soubera disso em algumas praças de mercado.

Quatro cavalos foram frenados, o cavalo passivo do rei Kilian simplesmente parou de trotar. Então ficaram um instante em silêncio, enquanto os cavaleiros fitavam a carruagem e liam o que estava escrito em letras enlameadas. Depois ficou até difícil para o atencioso Sócrates acompanhar a cena.

– Majestade! – Exclamou um dos criados. – Esta é a carruagem que enviava a princesa Filipa Anegunde Rosa ao senhor! Evidentemente a princesa foi raptada!

Ao que o segundo criado, o rapaz das grandes orelhas, respondeu em tom muito, muito alto:

– Oh! – Berrou, porque o rei Kilian despencou, desfalecido, da sela, soltando igualmente um "Oh!", mas muito, muito mais

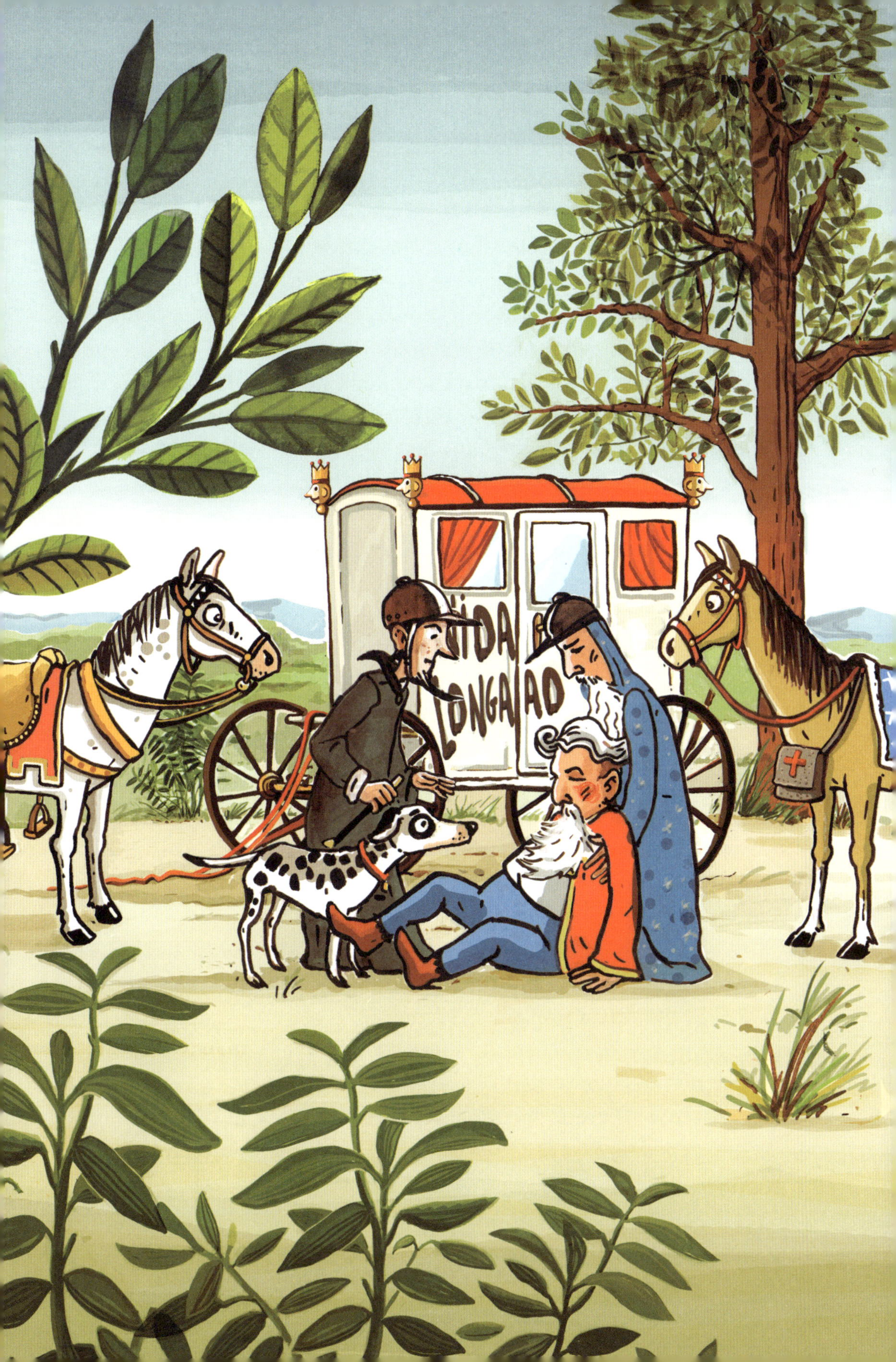
IDA
LONGA
AD

baixo. Só quando o segundo criado finalizou a tradução, ele saltou de sua sela e correu para o rei desfalecido onde o médico Padrubel já se encontrava. Sócrates viu o médico tirar uma garrafinha da bolsa, desarrolhá-la e segurá-la debaixo do nariz do paciente real.

O rei Kilian voltou aos sentidos, contudo só por pouco tempo. Pois ele mal havia soprado algumas palavras quando desfaleceu mais uma vez. A cabeça real se afundou novamente no pescoço real quando o criado da corte com as grandes orelhas traduziu as seguintes palavras reais aos berros:

– Oh, Deus! Minha Flip! Nas mãos do cruel Rodrigo Rufião!

Vocês podem imaginar como papagaio e cavaleiro fora da lei estavam-se sentindo em seu esconderijo. Rodrigo Rufião estava tão apavorado quanto o rei. Tinha enorme compaixão – com o rei, com a princesa e até com o mal-aventurado Menino – e medo ainda maior. Sócrates, por sua vez, mal sabia onde colocar toda a sua raiva de papagaio. Ele não conseguia imaginar um rumo pior para aquela história. Pior do que pior: ele nem tinha imaginado esse rumo. Na tentativa de prever a história de Menino, ele não havia contado nem com uma princesa raptada, nem com um rei melancólico, nem com um feiticeiro, que à sombra da carruagem esfregava furtivamente as mãos.

Capítulo Oito

Onde a princesa Flip desmascara Rodrigo Rufião

Se Menino tivesse levado a princesa raptada para o Castelo do Calafrio pelo caminho mais fácil, pela estreita trilha que atravessa a Floresta do Temor, certamente ele teria cruzado com o Teatro de Fantoches do Papai Dick.

De longe, já teria ouvido os sininhos dos arreios dos burros e, um pouco mais tarde, teria visto a carroça dos fantoches trambolhando sobre todo o tipo de raízes nodosas. Sobre o banco do cocheiro, teria reconhecido Mamãe e Papai Dick e, depois que Mamãe Dick o tivesse abraçado, e Papai Dick tivesse reprimido uma lágrima de alegria, ele teria deparado no interior da carroça dos fantoches, para sua surpresa, com Rodrigo Rufião.

E isso tudo teria acontecido nos termos de Sócrates, pois isso tudo teria tornado a história de Menino muito mais rápida e fácil. Mas Menino era, afinal, Menino: ele não gostava de caminhos fáceis.

Segurando a princesa Flip pela mão, ele desbravou a Floresta do Temor por onde ninguém havia andado antes dele, enquanto os Dick atravessavam a Floresta do Temor pela única estrada que havia, e que havia sido utilizada, pelo menos um pouquinho. E assim se sucedeu que Menino e Rodrigo Rufião se desencontraram. A carroça dos fantoches trambolhou desimpedida, a não ser por aquela carruagem que Menino e a princesa haviam abandonado anteriormente. O que Rodrigo Rufião e Sócrates, o papagaio versado em histórias, vivenciaram ali, vocês já sabem. O que vocês ainda não sabem é o que Menino e Flip vivenciaram.

Pois bem, em primeiro lugar eles estavam dando nos nervos dos espíritos da lama, gnomos das raízes e duendes, por estarem transformando a anteriormente solitária Floresta do Temor em uma importante rota de trânsito. Menino pisava já pela segunda vez em alguns espíritos da lama, e Flip era melhor ainda que Menino em fazer um galho coicear descuidadosamente para trás, de modo a tirar os gnomos de seus pés. No caminho pela Floresta do Temor, eles estavam tão compenetrados em sua conversa, que ignoravam todas as pragas dos espíritos.

Menino falava, como vocês talvez devam imaginar, do cavaleiro fora da lei Rodrigo Rufião. Cheio de admiração, contava para Flip o que o fora da lei lhe havia contado antes. Contou sobre o jogo de cartas no qual teria conseguido enganar o diabo em pessoa. Contou sobre a cavalgada selvagem de Rodrigo Rufião sobre um monstro marinho, e contou a fantasiosa bebedeira de Rodrigo Rufião com os três gigantes da neve, habitantes do Polo Norte.

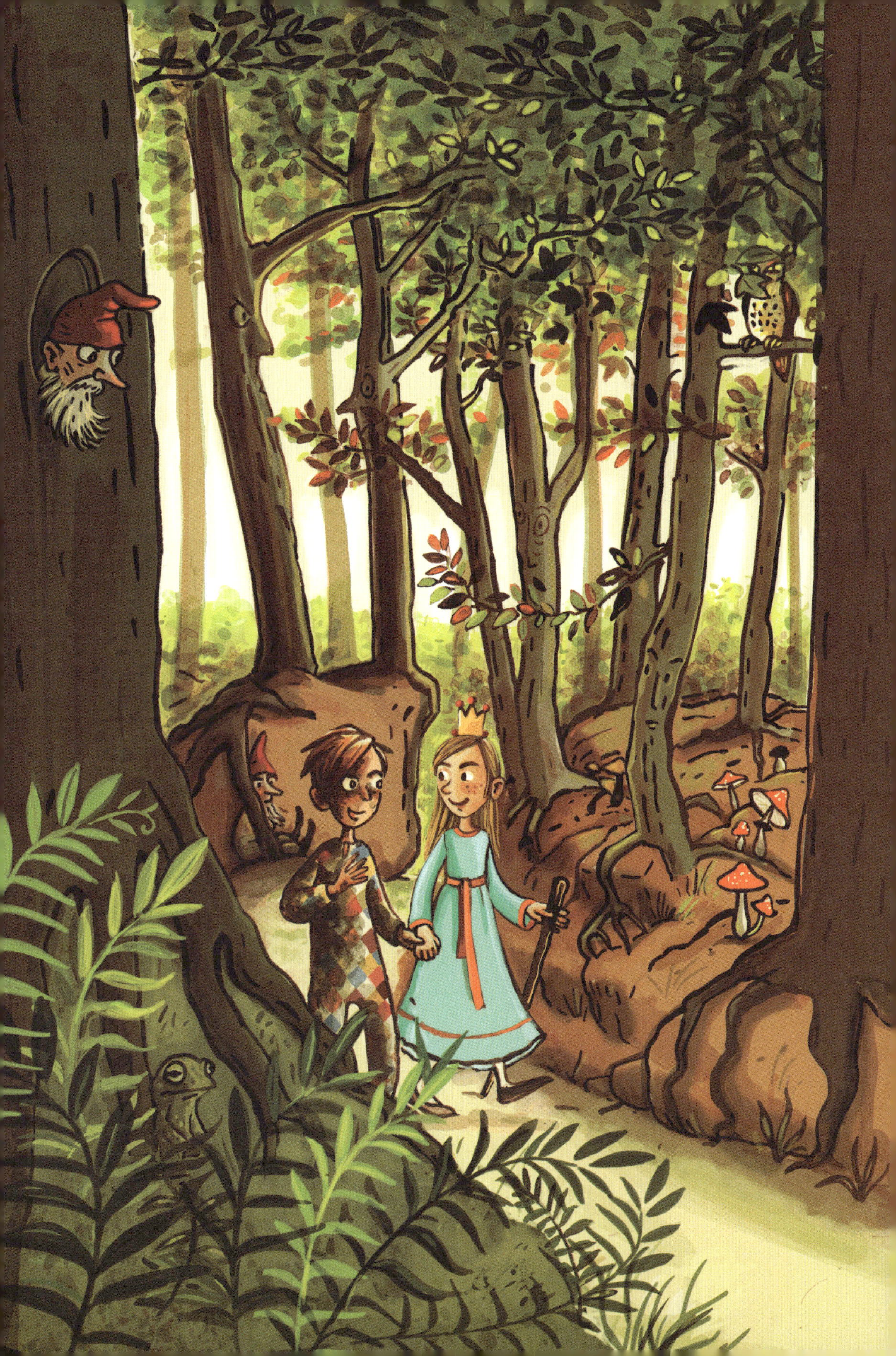

Flip era de fato uma ouvinte destemida. Ela ouviu todas as histórias até o fim, e depois começou a rir do monstro marinho e até mesmo do diabo.

– E, em todas essas histórias – disse finalmente para Menino –, você acreditou?

No meio da Floresta do Temor, a um passo da toca de lama borbulhante de um espírito, Menino parou de repente. Estava arrebatado de tal forma que não conseguia mais continuar. Parte dele queria assegurar à princesa, em tom sinceramente convicto, de que alguém como ele não acreditava em monstros marinhos nem em gigantes da neve, embora Menino acreditasse de fato. Outra parte de Menino, porém, queria acreditar – mais do que em monstros marinhos e em gigantes da neve – em Rodrigo Rufião, razão pela qual Menino não assegurou nada à princesa; mas, para o descontentamento do próximo borbulhante espírito da lama, gritou para ela, com raiva.

– Por acaso você está chamando Rodrigo Rufião de mentiroso? – Berrou Menino, e seu rosto sujo ficou quase tão vermelho quanto seus cabelos. – Você se esqueceu de que sou o escudeiro dele?

A inteligente Flip só não riu dessa vez porque não queria ferir ainda mais Menino, o que ela evidentemente já havia feito. Mas a princesa também não queria deixar que gritassem com ela daquele jeito, sem contestar. Então, disse:

– Primeiro, você não é o escudeiro de Rodrigo Rufião, de jeito nenhum. Você ainda quer ser. E, segundo, eu não disse que Rodrigo mente. Eu disse que ele conta histórias. Isso não é a mesma coisa.

Flip cruzou os braços em frente ao peito.

– Não? – Perguntou Menino confuso, deixando os ombros caírem. Embora ele fosse filho de um marionetista, nunca tinha pensado sobre aquilo.

– Não – respondeu Flip, e pegou conciliadoramente na mão de Menino, para puxá-lo adiante. – Quem mente fala com intenção a falsidade sobre algo que, na realidade, é completamente diferente. Por sua vez, quem conta uma história fala a verdade, embora a distorça um pouquinho ao fazê-lo. Fala a verdade de um modo complicado. Embora, às vezes, nem tenha consciência disso.

Primeiro Menino precisou refletir sobre aquilo, mas, como acontecia muitas vezes, não foi especialmente longe em sua reflexão. Ao avistar as cinco torres tortas do Castelo do Calafrio, já se tinha esquecido há muito tempo de matutar sobre verdade e mentira e, em vez disso, pensava sobre monstros marinhos, gigantes da neve, cavaleiros fora da lei e princesas raptadas.

E, mal avistava as cinco torres tortas do Castelo do Calafrio, já se imaginava frente a Rodrigo Rufião para lhe apresentar a princesa. Pois Menino estava extremamente orgulhoso de Flip. Que eles tivessem discutido ainda há pouco, ele já tinha esquecido.

Juntos, os dois subiram pela estreita trilha de rochedos que fazia curvas curiosas, serpenteando o Cume do Arrepio. Menino só tinha olhos para o portão do castelo. Flip contemplava os esqueletos forjados à escarpa e as horripilantes cruzes de pedra e lápides à beira do caminho. Caíra bem a discussão anterior com Menino sobre verdade, mentira e histórias, pois ela lia as inscrições nas lápides como livros. E, porque ela não era apenas uma destemida ouvinte, mas uma destemida leitora, encontrou um bom passatempo nas histórias de calafrio, esculpidas nas pedras por Rodrigo Rufião.

Ela imaginou o gigante Untam Menuwel, que teria supostamente suplicado a Rodrigo Rufião pelo último suspiro no Cume do Arrepio. Flip se perguntou com qual das quatorze cabeças decapitadas por Rodrigo Rufião o dragão Deixaime gostava mais de raciocinar. Ela se questionou por que o cavaleiro Drohmir se chamava Drohmir, e se espantou com a estranha ideia de Rodrigo Rufião de enterrar os restos mortais dos treze ladrões do bando dos Berserk justamente em um vaso de flores.

– O cavaleiro fora da lei gosta de flores? – Perguntou finalmente, quando ambos chegaram à ponte levadiça.

– Ele cria cactos – respondeu Menino, sem pensar sobre isso. – Ele até dá nome para eles – o garoto dava batidinhas no seu traje de arlequim, ainda que isso não adiantasse muito, desde o seu banho na toca do espírito de lama. – Pobre Tusnelda – disse –, eu a fiz cair sem querer. Por sorte, o tio Ródi conseguiu salvá-la. Seu vaso se quebrou.

– Ah, é? – Disse a inteligente Flip, seguindo Menino pela estalante ponte levadiça. Juntos, eles pularam a tábua que faltava e atingiram o grande portão.

– Aqui – contou Menino, orgulhoso – que eu dormi. Por pouco, não peguei uma pneumonia. Mas tio Ródi preparou um chá de camomila para mim e me colocou na cama.

– Ah, é? – Disse a inteligente Flip mais uma vez, observando Menino agarrar a campainha em formato de diabo. Rodrigo Rufião lhe parecia, antes ainda de encontrá-lo pela primeira vez, um cavaleiro fora da lei extremamente peculiar. Pois cavaleiros fora da lei que cuidam da saúde de Menino, batizam cactos e escrevem histórias de arrepio com martelo e cinzel certamente fugiam à regra.

Menino balançou a argola de ferro da boca do rosto do diabo. A batida ressoou no interior do castelo. Fora isso, tudo permaneceu sorrateiramente silencioso. Então, Menino gritou com as mãos em concha:

– Ei, olá! Tio Ródi! Sou eu, Menino! Retornei de meu crime grave e perigoso! Cheguei até a trazê-lo! Podemos entrar, por favor?

Mas não se ouviu nenhuma resposta, e, por que ninguém apareceu, vocês sabem melhor do que Flip e Menino.

– Talvez esteja aberto – disse Flip, e apertou sem cerimônias contra o portão. Rangendo, o batente balançou para o lado.

Menino não podia estar mais espantado:

– Estranho! – Exclamou. – Tio Ródi nunca se esquece de trancar. Seu molho de chaves é tão pesado que só consigo carregá-lo com muito esforço!

Dessa vez, Flip não disse "ah, é?". Em vez disso, enquanto Menino fechava obedientemente o portão do castelo, ela contemplava com espanto a horta de legumes no pátio interno.

– Tio Ródi! – Gritou Menino mais uma vez com as mãos em concha. Ainda sem resposta, Menino se virou para Flip para se desculpar: – Talvez ele tenha ficado entediado de me esperar e saiu rapidamente para cometer um crime ele mesmo. Certamente não quer ficar fora de forma – Menino olhou em volta. – Bom, não faz mal. Eu sei virar-me na casa do tio Ródi – e, assim, tomou Flip pela mão e subiu com ela a escada em caracol até o quarto de Rodrigo Rufião, na torre sul.

Ao chegarem ao quarto da torre, Flip se espantava com os cactos, enquanto Menino preparava um chá de camomila, regado com bastante mel, e, para a sorte deles, ainda encontraram batatas assadas do dia anterior. Menino e Flip comeram e descansaram, e depois, porque Rodrigo Rufião ainda não havia retornado, Menino decidiu mostrar o Castelo do Calafrio para Flip, a começar, primeiro de tudo, pelo salão das armas, com os capacetes, escudos, espadas, bastões e luvas de armaduras.

E, porque o guarda-roupa era logo ali ao lado, Flip usou a oportunidade para trocar seu vestido azul-turquesa por um velho colete de fora da lei e uma velha calça de fora da lei. Considerando a aventura iminente, isso lhe parecia ser mais apropriado. Menino, por outro lado, não gostou nada da sua nova vestimenta.

– Agora você não se parece mais nem um pouco com uma princesa – protestou. Ninguém poderia pensar que ele havia raptado uma reles filha de fora da lei.

Mas Flip conseguiu acalmá-lo:

– Fique tranquilo – disse ela. – Eu sou princesa dos pés à cabeça, não importa o vestido de quem eu esteja usando.

E ela estava repleta de razão. Diferente do Papai Dick, que era apenas um marionetista, porque não lhe ocorria ser outra coisa; e diferente de Rodrigo Rufião, que apenas fazia de conta que era um cavaleiro fora da lei, porque não ousava ser outra coisa; e diferente de Rabanus Rochus, que apenas fingia ser feiticeiro, porque não conseguiria seguir seus planos malignos de outra maneira; Flip não era princesa por falta de criatividade, nem por medo, e muito menos por intenções malignas. Ela era princesa porque gostava. E ela sempre o era e com todas as suas fibras, o que era o melhor de tudo.

Menino suspirou timidamente uma desculpa, antes de reprimir um sorriso, porque a resposta de Flip o tinha agradado muito. Então, segurou sua mão para continuar guiando a menina pelo Castelo do Calafrio, com o tilintante anel de chaves. Juntos, eles passaram pelas câmaras empoeiradas e pelas longas galerias e pelos antiquados papéis de paredes e pelos quadros de parentes escurecidos, e permaneceram por um bom tempo em um salão encoberto de teias de aranha, no qual os grosseiros antepassados de Rodrigo Rufião obrigavam saltimbancos e marionetistas a entretê-los em suas festas. Porém, a cortina puída com o tempo não se abria, e, ao fim, Menino e Flip se encontravam novamente no pátio ensolarado.

– E agora? – Perguntou perplexo Menino, decepcionado porque Rodrigo Rufião ainda não havia aparecido depois de tantas horas.

– Agora nós vamos olhar o estábulo – disse Flip, e desapareceu no único lugar que Rodrigo Rufião sempre havia escondido do curioso garoto: a oficina de gesso.

Primeiro, Menino não entendeu nadinha onde ele se encontrava. Ficou sem reação, coçando a crista ruiva, enquanto a lama seca da toca do espírito da lama deixava rastros no chão, e Flip descobria os segredos de Rodrigo Rufião: cabeças mortas de gesso, bustos de gesso e tudo o que se precisa para confeccioná-los. Flip espreitou o caneco e enfiou o dedo no saco aberto de gesso. Ela abriu o armário grande e imponente, dentro do qual Rodrigo Rufião se havia escondido de Sócrates, encontrou todo o tipo de espátulas e outras ferramentas, e perguntou a si mesma para que serviriam. Imediatamente ela soube de tudo, mas não sabia como deveria contar para Menino.

Enquanto isso, Menino pegava um crânio de gesso da mesa, o qual Rodrigo Rufião havia falhado em fazer. Ele virou-o e revirou-o com suas mãos sujas e pensou em voz alta se aquilo poderia tratar-se de um crânio encolhido de algum dragão, derrotado por Rodrigo Rufião em uma temerária luta.

– Acho que não – disse Flip, baixinho. – Acho que, nos tempos de vida, esse crânio era um saco de gesso.

Menino olhou para ela sem compreender. Assustado, colocou o crânio sobre a mesa e deu um passo para trás.

– Menino – disse Flip –, você precisa ser muito forte agora, porque não vai gostar do que vou dizer. Embora eu pense que, na verdade, você deveria gostar.

De repente, Menino não conseguiu dizer nada, como se tivesse um sapo na garganta.

– Menino – Flip recomeçou, porque o que tinha a dizer não era fácil. – Todos os crânios e ossos que você vê aqui, o tio Ródi montou.

O destemido Menino olhou com olhos escancarados.

– Exatamente como – continuou Flip – os esqueletos no caminho do rochedo. Eles são todos feitos de gesso e vêm desta oficina. E as covas na beira da estrada, querido Menino, estão todas vazias. O dragão Lassmich, o bando dos Berserk, o cavaleiro Drohmir... Tio Ródi inventou todos eles.

Menino afundou na cadeira suja de gesso, na qual Rodrigo Rufião havia afundado há não muito tempo.

– O tio Ródi não derrotou o cavaleiro Bogumil Drohmir? – Perguntou, decepcionado.

Flip balançou a cabeça.

– Nem o gigante Untam Menuwel?

Flip balançou novamente a cabeça.

– E o monstro marinho. Ele também não o montou? – Aos poucos, as coisas começaram a clarear para Menino. Ele começava a entender a extensão da peça de Rodrigo Rufião.

Flip franziu a testa, com pena:

– Querido Menino – disse ela –, vejo que tio Ródi se escondeu atrás de diversas crueldades inventadas por ele mesmo para ter tranquilidade. Ele só finge que é um verdadeiro cavaleiro fora da lei.

– Então ele também não embebedou os gigantes da neve debaixo da mesa? – Perguntou Menino.

– Não – respondeu Flip, baixinho. – Mas ele salvou o cacto Tusnelda, embora o vaso se tenha quebrado. E ele cuidou de você para que não pegasse uma pneumonia.

Sobre a cadeira suja de gesso, Menino deu de ombros:

– E a prova de escudeiro? – Perguntou. – Meu crime grave e perigoso?

– Eu não sei – disse Flip. – Talvez ele apenas não soubesse outro jeito de se livrar de você. Você consegue ser extremamente decidido, não é mesmo? Imagino que tenha insistido bastante para ele. E onde é que ele iria com um escudeiro cheio de vontade de lutar? Então ele deve ter pensado rapidamente na prova. Quem sabe, ele já não se arrependeu disso?

Menino fez que sim, com a cabeça afundada. Em seu traje sujo de arlequim, ele se pareceu, por um instante, com um palhaço muito triste.

– Mas, Flip! – Mal havia passado aquele instante, ele esticou a cabeça novamente. A tristeza desapareceu, no seu lugar veio um sentimento completamente desconhecido para Menino.

Seu coração, normalmente tão corajoso, começou a disparar.

No seu estômago crescia uma sensação de fraqueza.

Seu peito ficou bem apertado, e seus dedos começaram de repente a tremer.

Menino não sabia, mas pela primeira vez na vida estava com medo!

Estava com medo por Rodrigo Rufião!

– Mas, Flip! – Exclamou novamente, e dessa vez as palavras tropeçaram da sua boca. – Se o tio Ródi não trabalha como cavaleiro fora da lei, então eu nunca deveria ter escrito seu nome na carruagem! Para honrá-lo, cometi um crime grave e perigoso, embora ele mesmo não cometa crimes graves e perigosos, mas prefira muito mais criar cactos! Então, ele não saiu para uma incursão, mas está…

Talvez Menino quisesse dizer "preso", ou "em fuga", não podemos mais saber, pois, antes que ele pudesse terminar a frase, uma voz grave e severa soou pelo pátio interno. Alguém estava em frente ao portão do castelo e rugia:

— Cavaleiro fora da lei Rodrigo Rufião! Abra o portão e entregue a princesa Filipa Anegunde Rosa!

Menino abriu os olhos, espantado. Curiosa, Flip deitou a cabeça para escutar. Se estava entendendo corretamente, soldados do rei estavam em frente ao portão e queriam libertá-la. E ela achava que não deveria ser diferente quando uma princesa estava desaparecida.

— Cavaleiro fora da lei Rodrigo Rufião! — Ressoou novamente pelo pátio. — Estamos aqui por ordem do rei Kilian, o Último! Abra o portão e se entregue! Somos uma cavalaria poderosa e invicta!

— E o portão nem está trancado! — Gaguejou Menino. Agora ele não tinha mais vontade de fazer churrasquinho com os soldados do rei. Ele queria muito mais era pedir misericórdia para Rodrigo Rufião!

O que ele tinha feito! Em que tipo de enrascada colocara o tio Ródi! Mas, por sorte, o tio Ródi não estava ali. Ele ainda poderia resolver as coisas.

Menino pulou da cadeira.

— Muita calma — disse Flip. — Eles não sabem que o portão está destrancado.

— Mas irão descobrir! — Gritou Menino. — Flip! Vou até o portão para me entregar aos soldados do rei. Não quero colocar o tio Ródi em perigo!

— Ele já está em perigo — disse Flip. — De qualquer forma, foi ele que o instigou. E, além disso, não quero que você seja preso. Certamente eles o jogariam no calabouço. É isso que você quer?

Lá fora, os soldados do rei Kilian batiam contra o portão. Felizmente, batiam contra o lado travado.

Menino balançou a cabeça. Depois, afundou-se novamente na cadeira suja de gesso. Ele não sabia que o medo podia paralisar. Não é de se espantar, antes ele não conhecia nada sobre medo.

– Mas o que devemos fazer? – Perguntou.

– Torres – disse Flip, com uma determinação que só os meninos destemidos e as princesas seguras podem impor. – Não posso imaginar que o tio Ródi e seus antepassados não tenham previsto nada para um caso destes. Certamente deve haver uma segunda saída secreta! – Como princesa, ela já vira alguns castelos por dentro, e todos tinham saídas secretas. Pois a maioria dos donos de castelos viviam perigosamente na Idade Média. E não precisavam ser cavaleiros fora da lei para isso.

Flip tomou o Menino rígido de susto pela mão. E então o puxou da oficina de gesso, atravessando o pátio interno em direção à única torre torta, que Rodrigo Rufião ainda habitava.

E já era tempo, porque, Flip e Menino mal haviam descido pelas escadas do porão, os soldados do rei Kilian ocuparam o pátio interno. Com muito impulso e um aríete, eles escancararam o portão e, como ele não estava trancado, acabaram atravessando o pátio e trambolharam direto na horta de legumes de Rodrigo Rufião. E, até que eles, com muita areia nas articulações, se recompusessem, Flip e Menino já estavam bem abaixo, nos corredores do porão do Castelo do Calafrio. Eles não tinham uma tocha e corriam pela escuridão preta como breu, sombria como corvo e preta como carvão, que cheirava a mofo e terra.

– Como você sabe que aqui tem uma saída secreta? – Menino quis saber depois de um tempo.

– Eu não sei – disse Flip. – Mas posso imaginar. Na maioria dos castelos existe uma saída pelo porão. Quanto mais escura a saída, melhor. Ninguém deve ver que se está saindo sorrateiramente. – E assim ela guiou seu sequestrador pelos longos e escuros túneis de seu primeiro medo, até que encontraram finalmente uma luz. Por fim, escalaram um declive de cascalho e rochas em direção ao ar livre.

Flip tinha toda a razão, pensou Menino, pois eles chegaram em um barranco profundo, repleto de mato: atrás deles, os negros rochedos do Cume do Arrepio; à sua frente, a encosta da Floresta do Temor.

Mal estavam ao ar livre, e Menino sentiu a luz do sol sobre suas bochechas, ele já era quase o mesmo de sempre. Pois é assim que acontece com o medo: quando nós o temos, ele domina tudo. Livramo-nos dele, ele não era nada.

– E agora? – Perguntou Menino –, vamos procurar o tio Ródi. Preso ele ainda não está, evidentemente, então podemos avisá-lo. – E, pela primeira vez, desde que haviam entrado na oficina de gesso de Rodrigo Rufião, ele se parecia com o escudeiro de um cavaleiro fora da lei.

Capítulo Nove

Onde o riso se faz urgentemente necessário

Primeiro entardeceu, e depois a noite caiu, e, se vocês estão-se perguntando onde os nossos amigos dormiram, fiquem tranquilos, todos eles encontraram um lugarzinho para ficar. Menino e Flip se arrastaram para dentro de uma árvore oca, na Floresta do Temor. Lá, ficaram olhando os pontinhos de fogo-fátuo, até serem tomados pelo sono.

– Amanhã é outro dia – disse Flip, antes de adormecer.

– E amanhã vamos encontrar o tio Ródi – disse Menino, que com a melhor boa vontade do mundo não poderia ter imaginado que, naquele mesmo instante, Rodrigo Rufião estaria pensativo, com Sócrates e Mamãe e Papai Dick, sob a fraca luz da lamparina na carroça dos fantoches.

Apenas no palácio real do rei Kilian, o Último, que brilhavam todas as janelas. Tem fundamento dizer que estamos acesos de inquietude quando uma situação vai de mal a pior.

Em todas as partes do palácio, os criados corriam pelas despensas e por escadarias intensamente iluminadas. Músicos carregavam seus instrumentos por um salão iluminado com velas. O astrólogo real, na torre norte, compunha um tratado sobre Saturno, o mais melancólico dos corpos celestes. O cozinheiro real preparava alimentos brancos, nos quais não se poderia encontrar nada que fosse preto, nem ao menos pimenta do reino. E o mestre de banhos real preparava com pressa banhos quentes, pois na Idade Média se pensava que a melancolia era preta e seca e fria, razão pela qual ela era combatida com brancura e água e calor. E, porque o rei Kilian, desde o rapto da princesa Filipa Anegunde Rosa, sofria do pior ataque de melancolia em toda a história de sua doença, os alimentos brancos e os banhos quentes tinham de ser preparados o mais rápido possível. E naturalmente a orquestra tocava no grande salão apenas para animar o rei Kilian. Os violinistas musicavam por sua vida, o emprego do tímpano havia sido proibido pelo sábio médico Padrubel.

Padrubel dirigia os acontecimentos. Ele provou a água do banho e experimentou a sopa branca, e estava atormentado pela dúvida, porque a recuperação do rei não fazia progressos.

O rei Kilian estava deitado de olhos fechados em uma banheira dourada, que havia sido arrastada para o lado do seu leito almofadado. Havia sido alimentado com a sopa branca e mal falava mais do que "ai de mim", o que o seu criado pessoal traduzia fielmente e toda vez, aos berros, como "AI DE MIM!". Então, o rei ecoava suspiros pelos salões e pelas escadarias, até o último canto das despensas, e os criados, cozinheiro, mestre de banhos e astrólogo, quando se encontravam, lançavam olhares preocupados uns aos outros:

– A bile negra! – Murmuravam em segredo.

Pois as coisas eram assim na Idade Média, inacreditavelmente muito antes dos seus avós serem bem pequenos. Havia tão poucos terapeutas, psicólogos e alienistas quanto havia luz elétrica, e, se alguém se encontrava sempre triste e desanimado, diziam que seu corpo estava com muita bile negra e com falta de outros fluidos.

O sábio médico Padrubel, contudo, não estava completamente convencido disso. Havia receitado a sopa branca e o banho quente porque sabia que não poderiam prejudicar. Pessoalmente, ele acreditava muito mais no efeito curador da arte. Até havia considerado no tratamento ler algo em voz alta para o rei, preferencialmente algo engraçado. Mas ainda não havia chegado a conclusões. Ainda corria pensativo de lá para cá no aposento real e se sentiu bastante perturbado quando um dos criados reais anunciou uma visita:

– O feiticeiro da corte real, Rabanus Rochus! – Exclamou o criado.

Rabanus Rochus, vestido de preto como a bile negra, deslizou pelo aposento real, cumprimentou Medicus Padrubel formalmente e, esfregando as mãos, se curvou sobre a banheira dourada onde o melancólico rei Kilian estava deitado. Kilian mal tomou consciência disso.

– Oh! – Disse Rabanus Rochus, com muito esforço para esconder a alegria em relação à aflição do rei. – Vejo que está tão mal quanto se diz. – Ele se virou e olhou com malícia para a barba prateada de Padrubel. – É verdade que já está à beira da morte, Medicus Padrubel?

O médico, para quem Rabanus Rochus se tinha tornado cada vez mais suspeito, preferia ter-se virado de desgosto, pois Rabanus

Rochus exalava ânsia de poder. O feiticeiro da corte parecia mal poder esperar que o rei falecesse de profunda melancolia, e é por essa razão que o médico da corte mal podia esperar que Rabanus Rochus deixasse o aposento real.

– Agora, prezado Rabanus Rochus – disse, portanto, irritado –, como o senhor facilmente pode reconhecer, estou no meio de um tratamento. O rei está tomando um banho quente contra o frio interno de sua doença. Nós ministramos brancura contra a negritude interna, e depois ofereceremos doçura contra o amargor. Logo, o senhor pode entender que agora não tenho tempo para conversinhas. Devo então pedir que o senhor explique rapidamente por que apareceu aqui, a esta hora da noite!

Rabanus Rochus certamente aparecera ali apenas para descobrir o quão ruim estava o rei. Sua alegria antecipada o havia arrastado até o aposento real. Mas ele não se envergonhou em arranjar uma desculpa. Pelo contrário, começou a andar para lá e para cá, pomposamente.

– Eu pensei, prezado Padrubel – disse ele –, em como poderia ajudar o rei. O que o senhor acha de eu queimar um pouco de erva-de-são-joão no meu fogo mágico? Além disso, também tem um ou outro feitiço que surte efeito milagroso contra o torpor do coração.

– Faça o feitiço e queime a erva! – Respondeu Padrubel, pois concordar lhe pareceu o melhor jeito de se livrar rapidamente do feiticeiro, embora não acreditasse nem por um instante nas suas sentenças e labaredas. Padrubel considerava o fogo mágico uma bobagem. Contudo, tinha de reconhecer que Rabanus Rochus realmente sabia voar. Ele mesmo já o avistara zunindo pelo céu noturno e, apesar de toda a desconfiança, nunca encontrara uma explicação para aquilo.

– Ótimo! Então já irei começar os trabalhos! – Rabanus Rochus esfregou novamente as mãos e parecia estar de saída, quando, ao chegar perto da porta, se virou mais uma vez. Afinal, ele não estava apenas ardentemente interessado na terrível saúde do rei, mas também queria descobrir a todo custo como estava a busca pela princesa Filipa Anegunde Rosa. Pois, naturalmente, o rei Kilian enviara um general real e um soldado da infantaria ao Castelo do Calafrio de Rodrigo Rufião, no Cume do Arrepio. E nada frustraria mais o plano de Rabanus Rochus do que o salvamento em má hora da princesa raptada.

Sobre o assalto de Menino à carruagem, Rabanus Rochus tinha-se alegrado com a diligente colaboração de Rodrigo Rufião. Ao raptar a princesa, o cavaleiro fora da lei tinha, afinal, realizado a tarefa que Rabanus Rochus teria atribuído originalmente ao dragão Wak. Entretanto, o feiticeiro se preocupava agora que a princesa pudesse libertar-se das garras de Rodrigo Rufião, ou que fosse resgatada em troca de parte do tesouro real, que ele, Rabanus Rochus, havia prometido ao dragão.

– Ah, só mais uma coisa – disse, portanto, quase atravessando a porta. – Não há nenhuma notícia da princesa?

Medicus Padrubel ainda queria ver-se o mais rápido possível livre do feiticeiro, razão pela qual disse abertamente:

– O soldado da infantaria enviado retornou, infelizmente, sem missão cumprida – relatou. – Encontrou o Castelo do Calafrio vazio. Nem Rodrigo Rufião nem a princesa estavam lá.

Isso não era completamente verdade, como vocês sabem, mas Medicus Padrubel não tinha como saber. Pois Menino e Flip haviam conseguido fugir a tempo e despercebidos pelo túnel de escape secreto do Castelo do Calafrio.

– Lamentável! – Mentiu Rabanus Rochus, escondendo sua alegria e dirigindo-se pela segunda vez à saída do aposento real, mesmo que para permanecer ali dentro, aparentemente distraído, uma segunda vez. – E esse patife, Rodrigo Rufião, já enviou o valor do resgate? – Perguntou, malicioso.

Nesse meio tempo, a paciência de Padrubel se esgotara.

– Não, prezado Rabanus Rochus – disse, levantando ameaçadoramente a voz –, não chegou nenhum valor do resgate, e também não tenho mais nenhum segundo para o senhor. Queime a sua erva-de-são-joão e murmure seus feitiços, mas agora me deixe sozinho com o rei, pelo amor de Deus!

Rabanus Rochus obedeceu com muito gosto, porque então já sabia tudo o que queria saber. Com uma reverência, deixou o aposento real com a barba do queixo tremulante, passando depressa pelos sonolentos cisnes do lago do palácio, em direção à torre obscura.

Wak, o dragão negro como a noite, estava deitado na arena obscura e úmida do segundo porão mais profundo da torre do feiticeiro. Seus olhos amarelos brilhavam, e sua longa cauda de dragão, mais grossa que uma dúzia de gordas cobras estranguladoras, varria o chão inquieta, para lá e para cá. Wak esperava há horas por Rabanus Rochus. Ele tinha a tarefa – assim ele achava – de raptar uma princesa, e mal podia esperar.

Não estava nem aí para a princesa. Poderia raptá-la, devorá-la ou mimá-la, desde que recebesse em troca o tesouro do rei Kilian. De fato, já esperava há tanto tempo por aquilo, que pouco a pouco passou a querer fazer espetinho de Rabanus Rochus com sua língua de dragão e assá-lo no fogo de dragão. A cada dia que se esvaecia com Wak no porão, a cada noite que voava com o fraudulento Rabanus Rochus sobre o palácio real e sobre o jardim real, ficava mais desconfiado. À beira do seu solitário lago de enxofre ghudipanês, ele já se havia sentido enganado pelo destino uma vez. Agora, sentia-se enganado por Rabanus Rochus, de quem conseguiria vingar-se mais facilmente do que do destino.

Wak vaporou uma nuvem de enxofre amarela, e logo ouviu Rabanus Rochus tossir com ela no vão da escada.

– Wak, meu amigo – gralhou Rabanus Rochus, assim que apareceu com sua tocha de piche no segundo porão mais profundo. – Cheguei mais tarde do que pensava. Ocorreu um imprevisto. Nosso plano foi alterado.

– Nada se alterou! – Trovejou Wak, e, quando ele escancarou a boca, Rabanus Rochus viu chamas azuis arderem na garganta do dragão. – O plano é você me arranjar o tesouro. Nisso, assim espero para você, que nada se tenha alterado.

– Não, claro que não! – Exclamou Rabanus Rochus, rapidamente. – Só aconteceu de outra pessoa já ter raptado a princesa.

– O quê? – A rajada de fogo de Wak atingiu a parede contrária. Rabanus Rochus sentiu o calor chamuscando, e pérolas de suor surgiram na sua testa. – E essa outra pessoa também quer o tesouro? – Trovejou Wak. – Quem é? Vou amaciá-lo levemente com a minha cauda, empaná-lo com enxofre, torrá-lo em chama leve e então…

– Por mim, será um prazer – Rabanus Rochus interrompeu as palavras do dragão. – Trata-se do cavaleiro fora da lei Rodrigo Rufião, e você pode fazer com ele o que quiser. Mas antes de tudo você precisa cuidar da princesa que está nas mãos dele.

O dragão fervia de raiva. Um fluxo de lava vermelha e viscosa escorreu de sua boca.

– O que lhe importa a princesa, se ela já foi raptada, Rabanus? – Bufou Wak.

Rabanus Rochus deu um passo para o lado, antes que a baba fervente do dragão atingisse seus sapatos pontudos de feiticeiro.

– Muito simples, meu caro – respondeu ele. – A princesa me importa a ponto de eu não querer que ela jamais retorne. Ela não pode ser libertada nem resgatada. Agora que seu raptor é conhecido de nome, nenhuma desconfiança cairá sobre nós se ela permanecer para sempre desaparecida. Devemos, portanto, utilizar esta oportunidade. Voe já, meu amigo negro como a noite, encontre o cavaleiro Rodrigo Rufião e a princesa que está com ele, e então...

Dessa vez, foi o dragão que interrompeu as palavras do feiticeiro:

– ... faço espetinho dela, empano com enxofre, torro e devoro? – Bufou.

– Por mim, você também pode flambá-la ou deixá-la em uma ilha de lava solitária no grande mar ghudipanês de enxofre – disse Rabanus Rochus. – Ela só precisa sumir, entende, Wak? A princesa não pode chegar nunca mais no palácio. Senão, o rei porventura recuperará a saúde. E, mesmo que não volte a ficar saudável, é Filipa Anegunde Rosa que se sentará no trono, e não eu!

– O rei está mais doente do que o normal? – Perguntou Wak.

Rabanus Rochus soltou uma gargalhada.

– O rapto atingiu o velho balofo em cheio. Talvez, Wak, o rei não sobreviva até amanhã.

O dragão ouviu isso com gosto. Tudo parecia estar chegando ao fim e, com isso, todo o seu tempo junto ao feiticeiro. Razão pela qual Wak decidiu ficar alerta em dobro a partir de então: não confiaria em ninguém, muito menos em Rabanus Rochus. Pois, quando patifes não precisam mais um do outro, eles costumam voltar-se contra si mesmos. Era assim na Idade Média, e não mudou até hoje.

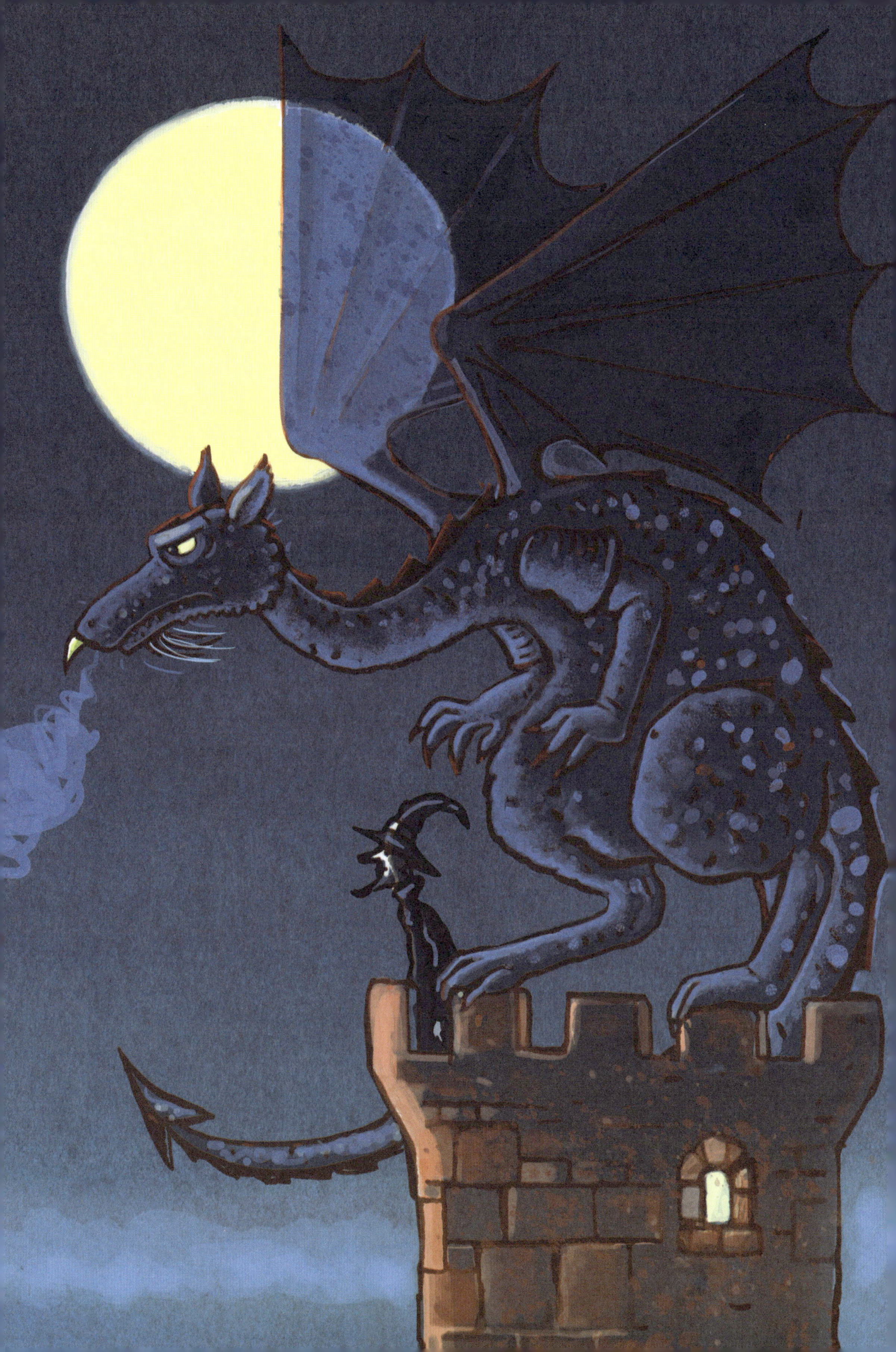

– O que estamos esperando? – Wak se apoiou sobre as quatro patas de dragão. Ele encontraria esse cavaleiro fora da lei Rodrigo Rufião. Tinha toda a noite, e voou mais rápido que o vento.

Antes disso, contudo, precisou retorcer-se pelo estreito vão da escada, o que não aconteceu tão rápido. Wak era grande, e Rabanus Rochus ia na frente, segurando a tocha, enquanto ouvia as escamas do dragão se esfregando nas paredes, e sentia a escada em espiral tremer, a cada passo do dragão. Mas, por fim, ambos chegaram ao topo da torre e respiraram o ar noturno, que era tão preto quanto o dragão. Apenas os olhos de Wak reluziam como um par de estrelas caídas do céu.

– Presumo que Rodrigo Rufião tenha escondido a princesa na Floresta do Temor – disse Rabanus Rochus. – No seu Castelo do Calafrio, pelo menos, ele não se encontrava. Mas isso não quer dizer nada, meu amigo alado. Voe para lá também. Busque em todos os lugares. Você precisa encontrá-los.

Wak concordou com a cabeça e estendeu as poderosas asas, selvagemente arpadas. Então, um salto surpreendentemente ligeiro o levou sobre as ameias, e de lá ele subiu, sem se despedir, para imediatamente se fundir ao céu noturno.

Rabanus Rochus respirou fundo. Em seguida, ele iria direcionar seu periscópio ao aposento real, para se deliciar com o sofrimento de Kilian. Mas mal havia chegado ao periscópio no topo da torre quando ouviu cascos de cavalo, lá embaixo, no jardim. Ouviu espadas e escudos estalando, e, sob as faixas da luz brilhante da lua, surgiram armaduras.

– Ei, vocês! – Gritou Rabanus Rochus da altura arejada de sua torre em direção ao jardim. – O que estão fazendo aí embaixo?

Tiniu e estalou mais uma vez, e o barulho dos cascos se interrompeu. Por um momento, os cavaleiros frearam os cavalos, e uma voz subiu em direção à torre, que Rabanus Rochus facilmente reconheceu como sendo do general real.

– Medicus Padrubel nos enviou em busca de um bobo da corte – gritou o general para cima, em direção a Rabanus Rochus. – Devemos trazer o melhor que encontrarmos. Para a recuperação do rei, o riso se faz urgentemente necessário.

Capítulo Dez

Onde todos, todos mesmo que aparecem, estão enganados

Lá fora já não estava mais escuro como breu, sombrio como corvo e preto como carvão, mas o dia ainda não tinha nascido quando Rodrigo Rufião acordou na carroça dos fantoches à beira da Floresta do Temor. Um andar abaixo, os Dick cochilavam debaixo do edredom vermelho e quadriculado. Ele mesmo estava deitado acima, na cama estreita de Menino, e se sentia tão imóvel quanto o rochedo preto do Cume do Arrepio, mas isso também poderia ser devido à armadura que não se atrevera a despir durante a noite.

Pelo menos ele removera o capacete antes de deitar a cabeça sobre o travesseiro de Menino. Em compensação, visto que se tinha esquecido da espada, se armou secretamente com uma colher da cozinha, a qual apertou com a mão direita ao ouvir um som altamente suspeito.

Não era o leve ronco dos Dick que o amedrontou, mas um inexplicável *klack, klack, klack!* E se fossem os soldados do rei Kilian que chocalhavam desse jeito e no próximo instante tentariam prendê-lo erroneamente pelo sequestro da princesa Filipa Anegunde Rosa, então ele, Rodrigo Rufião, não se entregaria pacificamente. Pois iria mostrar-lhes o que experimentara o cavaleiro Bogumil Drohmir.

Chocalhou mais uma vez de forma suspeita, mas Rodrigo Rufião soltou a colher da cozinha com um profundo suspiro. Nunca houvera um Bogumil Drohmir, e ele, Rodrigo Rufião, não passava de um cavaleiro fora da lei ruim que inventava boas histórias de cavaleiros fora da lei: não era um cavaleiro fora da lei. Sabia manejar uma colher tanto quanto uma espada. E, se tivesse admitido isso mais cedo, não estaria acordado agora em uma cama desconhecida, em uma carroça dos fantoches desconhecida, temendo um chocalhar suspeito.

Lamentando-se, Rodrigo Rufião se virou finalmente para o lado dentro de sua apertada armadura, para desvendar a causa do chocalhar suspeito, e viu para seu horror um dragão preto como a noite voando em sua direção! Balançando de forma descontroladamente irregular, o dragão vinha para cima, a boca vermelho-sangue escancarada!

Por um momento, Rodrigo Rufião achou que seu coração tivesse parado, mas então reconheceu seu engano. Era apenas uma marionete em forma de dragão que, sob a fraca luz da lamparina, chocalhava com as asas de madeira. E Sócrates, o papagaio versado em histórias, estava pendurado no teto e puxava os seus cordéis.

Rodrigo Rufião havia debatido com ele e com os Dick até bem tarde da noite. Juntos, pensaram em como livrar Rodrigo Rufião daquela enrascada e em como trazer Menino, que naquele meio tempo tinha-se tornado um sequestrador, de volta à razão. Mas, quando eles finalmente foram para a cama, ainda não haviam chegado a nenhuma conclusão. E provavelmente Sócrates não colocara a cabeça debaixo da asa, mas passara toda a noite lendo o livro de histórias. O que não explicava por que o papagaio fazia os fantoches dançarem.

– Bom dia, Sócrates! – Disse Rodrigo Rufião, o que fez com que a ave soltasse os cordéis da marionete, e o dragão de madeira, de repente incapaz de voar, viesse um pouco mais para baixo.

– O fora da lei está acordado! – Gralhou o papagaio, soltando-se do teto da carroça dos fantoches e esvoaçando em direção à cama de Rodrigo Rufião. – Até que enfim! É incompreensível para mim como você conseguiu dormir. Fiquei acordado a noite toda para entender esta história!

– E então? – Perguntou Rodrigo Rufião. – Conseguiu progredir? – Ficaria muito feliz se Sócrates tivesse feito progresso, pois até então esta história não tinha corrido a seu favor. Ele tinha muita esperança de que Sócrates conseguisse dar outro rumo para ela. Mas suspeitava que, para prever uma história tão louca quanto aquela, o papagaio era um pássaro racional demais.

– Se eu progredi, fora da lei? – Grasnou o papagaio e começou a andar novamente em círculos, dessa vez sobre o cobertor de Menino, debaixo do qual Rodrigo Rufião se encontrava com sua armadura. – Talvez esteja exagerando se disser isso – murmurou ele –, mas passei a noite toda em busca de alguma pista e, para minha surpresa, a encontrei não no grande livro de histórias, mas... – ele esticou seu pé de papagaio, como fazia às vezes na ausência de um dedo indicador – ... aqui, entre nós, na carroça dos fantoches! – Sócrates fulminou Rodrigo Rufião com seus pequenos olhos pretos de papagaio. – As marionetes, fora da lei! – Exclamou ele. – Olhe para elas mais de perto!

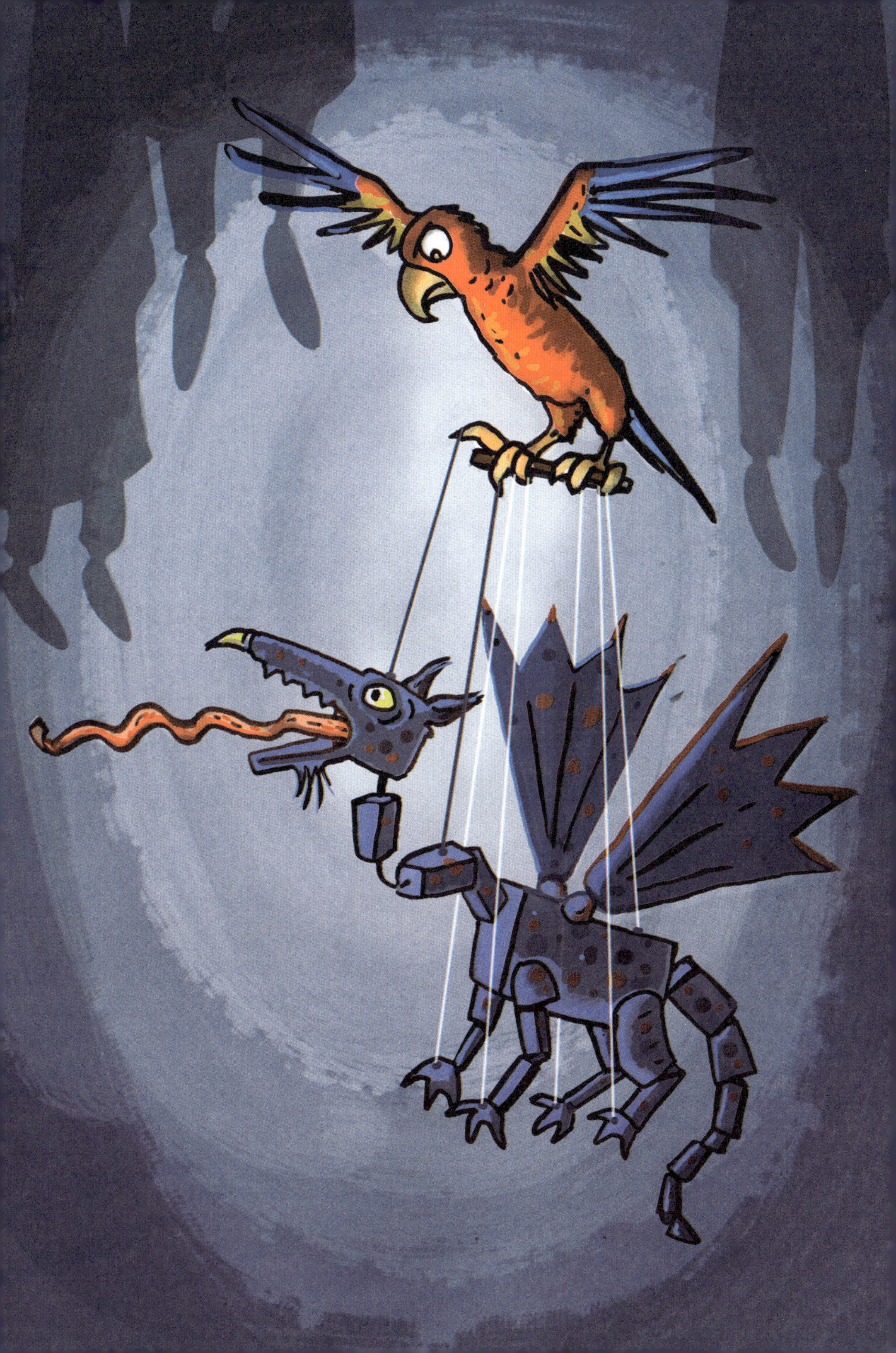

Rodrigo Rufião deslocou o pescoço, fez como lhe disseram, e, no mesmo instante, seu olhar foi parar mais uma vez no dragão preto como a noite. Também gostaria de puxar os seus cordéis, pensou baixinho.

– Mas, Sócrates – disse em voz alta –, ontem mesmo nós consideramos a ideia de um dragão talvez fazer parte da história. Mas não conseguimos pensar em nenhum.

– Ah, o dragão, o dragão! – Exclamou Sócrates, irritado. – Ele ainda vai aparecer, você vai ver! Mas olhe para os outros fantoches. A princesa!

De fato, uma princesa de vestido azul-turquesa estava ali, pendurada em uma das armações. Havia, na verdade, mais do que uma.

– E então? – Gralhou Sócrates. – Uma princesa não foi raptada nesta história?

Isso Rodrigo Rufião não podia negar, mesmo que preferisse não ser lembrado disso. Sim, evidentemente aparecia uma princesa na história.

– E olhe para o arlequim, bamboleando no teto, ali atrás. Não poderia ser confundido com nosso Menino? – Gralhou Sócrates.

Rodrigo Rufião deu uma olhada no arlequim. Sim, a veste vermelha com a mancha azul e o coração verde no peito se assemelhava ao traje de malhas coloridas de Menino.

– E então? – Grasnou o papagaio. – E ali tem um rei pendurado, que é quase tão gordo e redondo quanto Kilian. E não parece chocho e sem forças, pendurado nos seus cordéis? E, atrás de você, não consegue reconhecer um feiticeiro de roupa preta como corvo igual a Rabanus Rochus? – Sócrates dava suas voltas cada vez mais rápido sobre o cobertor. – Não acha que isso quer dizer algo para nós, fora da lei? – Guinchou ele.

– Pode ser – disse Rodrigo Rufião. – Mas o quê? – Ele se endireitou com a armadura apertada, puxando o cobertor e quase derrubando o exaltado papagaio.

O papagaio estendeu as asas coloridas para manter o equilíbrio. Então, assim que conseguiu encontrar uma posição segura, dobrou-as novamente, perplexo.

– Boa pergunta – murmurou, repentinamente desanimado.

– E as outras marionetes? – Perguntou Rodrigo Rufião. – Vejo bruxas e camponeses e muitos outros cavaleiros. Todos eles aparecem na nossa história?

Sócrates olhou para ele irritado.

– Como é que devo saber, fora da lei? – Gralhou, elevando-se do cobertor para encontrar refúgio na haste da cortina. – Tinha esperado receber mais ajuda de você do que suas dúvidas acumuladas! – Ele abaixou a cabeça e se contorceu até olhar pela janela da carroça dos fantoches. – Pelo menos, no que concerne aos cavaleiros, posso tirar suas dúvidas, fora da lei – disse ele. – Pois, como parece, eles estão cavalgando morro acima neste momento.

Sócrates não estava brincando com Rodrigo Rufião. Ele falava a verdade. Um soldado da infantaria subia a galopes por aquele mesmo morro que Rodrigo Rufião havia deslizado abaixo no dia anterior. Evidentemente eles estavam com pressa de chegar ao Teatro de Fantoches do Papai Dick, que se encontrava, como antes, à beira da Floresta do Temor.

– Cavaleiros? Cavaleiros do rei? – Rodrigo Rufião pulou da cama, como um conjunto de latas batendo, de modo a arrancar os Dick do sono.

– Cruz credo! – Exclamou Papai Dick, com a touca de dormir sobre o nariz.

– O que aconteceu? – Perguntou Mamãe Dick de olhos escancarados.

Eles não obtiveram resposta, pois o apavorado Rodrigo Rufião e o não facilmente perturbado Sócrates já estavam grudados à janela da carroça dos fantoches.

– Céus, socorro! – Gritou Rodrigo Rufião. – São eles! Reconheço o brasão real! Vieram para me buscar!

– Quê? Como? Quem está vindo? – Perguntou Papai Dick, com a voz trêmula e arrancando a touca de dormir da cabeça. Mamãe Dick já estava no meio da carroça dos fantoches, de camisola, e não sabia aonde ir.

Apenas Sócrates sabia o que fazer, para variar.

– Rápido, fora da lei! – Gralhou ele. – Você precisa despir a armadura, para que ninguém o reconheça como cavaleiro fora da lei.

Mas era mais fácil dizer do que fazer. Uma armadura de cavaleiro de verdade é realmente difícil de tirar e de colocar, especialmente se encontra-se apertada e entalada. Rodrigo Rufião arrancou o primeiro tubo das pernas, e o segundo ele arremessou para debaixo da cama, fazendo-o passar de raspão por Mamãe Dick, e permanecendo apenas sobre uma perna, quase perdendo o equilíbrio. Em seguida, passou para a cotoveleira esquerda, mas então a cotoveleira direita e o tubo superior da perna direita se enroscaram, e, no momento em que Sócrates anunciou à janela que os cavaleiros do rei chegariam logo à carroça dos fantoches, Rodrigo Rufião perdeu o equilíbrio e caiu com estrépito em frente aos pés da lamuriosa Mamãe Dick. Ficou caído de costas como uma tartaruga e, ao tentar levantar-se, derrubou também o Papai Dick, que naquele momento saía da cama.

– Não pode ser verdade! – Gralhou Sócrates de seu mirante. – Vamos, casal Dick! Vocês querem ajudá-lo, ou preferem ir para o calabouço por estarem escondendo em sua carroça dos fantoches o sequestrador de uma princesa?

Os Dick não haviam refletido até aí, tão cedo pela manhã. De repente, começaram a puxar ferozmente as peças dos membros de Rodrigo Rufião. Sem nenhuma delicadeza, Mamãe Dick arrancou a joelheira esquerda emperrada e ambos os tubos superiores das pernas, enquanto Papai Dick conseguia pelo menos soltar um dos trilhos do antebraço. Então, começou a puxar a pastilha do braço esquerdo.

Rodrigo Rufião uivava de dor. Naquele instante, tinha raiva de si mesmo por ter-se enfiado às pressas, no Castelo do Calafrio, dentro daquela armadura ridícula. Era preferível que tivesse trancado direito o portão! Era preferível que tivesse olhado os cactos uma segunda vez, pois, se não saísse a tempo daquela armadura, não os veria nunca mais!

"Tusnelda", pensava Rodrigo Rufião, quando Papai Dick, com um esforço incomparável, conseguiu arrancar do seu corpo a pastilha do braço direito e os trilhos do antebraço direito de uma só vez. Mas, infelizmente, assim que pastilha e trilho se soltaram, o impulso necessário para fazer aquilo o lançou para o chão. Papai Dick caiu, derrubando as cadeiras da cozinha como cones. E, com todo aquele barulho, Sócrates quase deixou de ouvir a porta da carroça dos fantoches batendo e uma voz severa pedindo para entrar.

– Abram! – Gritaram à porta. – O general do rei Kilian, o Último, pede para entrar!

O que fazer? Embora Rodrigo Rufião se tivesse libertado finalmente de tubos das pernas, trilhos dos braços, pastilhas dos braços, joelheiras, ele ainda vestia a couraça no peito.

– Rápido! – Gritou o perspicaz Sócrates. – Joguem um cobertor sobre ele!

O edredom grande, vermelho e quadriculado caiu como uma nuvem sobre Rodrigo Rufião, e, no instante seguinte, uma trêmula Mamãe Dick destrancava a porta da carroça dos fantoches.

– Sim, pois não!? – Disse, como se tivesse sido arrancada do sono agora mesmo, e não para desencavilhar um pobre cavaleiro fora da lei.

O general do rei Kilian lançou um olhar curioso. Atrás da mulher gorda de camisola, descobriu um papagaio colorido e, debaixo de um edredom vermelho e quadriculado, um homem muito grande, de roupa de baixo, assim como um pequeno homem redondo debaixo da mesa da cozinha ao lado de algumas cadeiras derrubadas.

Mas o general não achou aquilo suspeito. Afinal de contas, estava lidando com marionetistas – como havia facilmente deduzido da inscrição da carroça –, e é sabido que eles podem ser todos um pouco esquisitos.

Além disso, estava muito feliz por tê-los encontrado. Medicus Padrubel o havia enviado para encontrar um bobo da corte para fazer o rei Kilian rir, e, na solidão à beira da Floresta do Temor, os bobos da corte de todos os tipos eram raros. O general se considerou, portanto, sortudo de ter-se deparado com aqueles marionetistas. E, se eles eram esquisitos – deitados debaixo da mesa, ou protegidos por edredons ou penas coloridas e brilhantes –, melhor. O general tinha pouco senso de humor, mas aquela tropa parecia ser realmente engraçada.

– Bom dia! – Exclamou com sua voz severa e grave. E, porque Rodrigo Rufião nunca havia deixado o Castelo do Calafrio, o general não fazia ideia de quem estava na verdade à sua frente.

– Como podemos ajudar, nobre cavaleiro? – Gralhou o papagaio, entre todos os presentes.

Para isso, o general não tinha paciência. Ele não queria conversar com um pássaro atrevido, mas com o proprietário do Teatro de Fantoches do Papai Dick, e seu olhar caiu sobre o homem de quase dois metros de altura, de roupa de baixo e edredom vermelho e quadriculado.

– Assumo que o senhor seja o Papai Dick? – Perguntou.

Rodrigo Rufião suou frio, quando o olhar do general caiu sobre ele. Medroso como era por natureza, já contava com o pior, isto é, com a descoberta da couraça debaixo do edredom! Ele abriu a boca e a fechou em seguida. Estava sem palavras.

– Eu sou o Papai Dick – fez-se ouvir o homem redondo e pequeno, debaixo da mesa da cozinha, engatinhando para a frente das cadeiras. Não vestia nada além de uma camisola que ia até o chão, e, ao chegar frente ao general à porta, estava completamente pálido. – Com licença, Efraim Emanuel Dick – disse ele, fazendo uma reverência deselegante.

– Mestre Dick! – Exclamou então o general, em severo tom de ordem. – Rei Kilian, o Último, necessita de seus serviços! Ordeno que o senhor me acompanhe ao palácio real, onde, sem rodeios, o senhor e seu Teatro de Fantoches deverão levar o rei ao riso!

Sócrates não gostou de ouvir isso. Ele poderia imaginar do que se tratava. Sabia que o rei Kilian estava melancólico, e o tinha visto desmaiar na frente da carruagem da princesa raptada com os próprios olhos. Ele também sabia como era difícil levar alguém a rir sob ordem, pois o riso não funciona para quem recebe ordens. O riso era mais como o rebelde Menino, que não se deixava comandar, e menos como seus pais, os Dick, que seguiam resignadamente qualquer ordem.

– Mas é claro, claro. Será uma honra! Vamos partir com o senhor agora mesmo, e imediatamente, e de qualquer forma! – Disse o obediente Papai Dick para o general. – Apresentaremos a mais divertida das mais divertidas peças de fantoches! O elevado rei Kilian se curvará de tanto rir! – Papai Dick fez outra reverência, dessa vez tão profunda, de modo que quase veio a cair.

A raiva de papagaio ascendeu dentro de Sócrates, porque o Papai Dick havia concordado precipitadamente e completamente sem pensar. Uma viagem ao paço real lhe parecia um rumo desfavorável para a história que ele tentava investigar. Rodrigo Rufião, o principal suspeito de raptar a princesa, estaria ali na cova dos leões. E, se havia um lugar no mundo em que Menino e a princesa raptada por ele não iriam de jeito nenhum, seria o palácio do rei Kilian, o Último.

Mas Sócrates não estava apenas com raiva do Papai Dick, que seguia tão complacente as ordens inoportunas do general. Também não estava apenas com raiva desta história, que tomava mais um rumo absurdo de repente. Não, a maior raiva de Sócrates era de si mesmo. Pois até então não havia pensado em nenhum instante que o Teatro de Fantoches, no qual haviam perseguido os eventos aos trancos e barrancos, poderia ter também um papel nesta história!

Capítulo Onze

*Onde Menino e Flip se deparam
com um dragão*

Quem teria imaginado que o Teatro de Fantoches do Papai Dick já teria plateia, antes mesmo de chegar à corte do rei Kilian para apresentar a mais divertida das mais divertidas peças de fantoches? Sócrates, sobre a haste da cortina, certamente não; e muito menos Rodrigo Rufião, sentado agora ao lado do Papai Dick, no banco do cocheiro, e debaixo do edredom vermelho e quadriculado; e o general, que ia na frente com seus cavaleiros para escoltar a carroça dos fantoches ao palácio real, também não. Todos eles não faziam ideia de que, logo antes do nascer do sol, exatamente quando o general deu a ordem de partida, Menino e Flip haviam atingido a beira da Floresta do Temor e, escondidos atrás de arbustos bem gordos, ficaram observando o que acontecia e entenderam tudo errado.

Mas o que vocês teriam entendido no lugar de Menino? O que vocês teriam pensado se tivessem raptado uma princesa, escrito o nome do seu cavaleiro fora da lei predileto na parede da carruagem, e depois tivessem visto o seu cavaleiro fora da lei predileto sendo levado por um soldado da infantaria e por um severo general à dianteira? Vocês também não teriam pensado que Rodrigo Rufião tinha sido capturado, e por um crime que não ele, mas vocês teriam cometido?

Menino, pelo menos, pensou assim e, de preferência, teria corrido atrás da estrepitosa carroça dos fantoches que seguia à frente: "Pare! Fui eu! Deixe o tio Ródi em paz! Fui eu quem raptou a princesa!", era o que ele preferia ter dito.

Mas Menino não disse nada. Em vez disso, teve medo pela segunda vez em sua vida. Medo por Rodrigo Rufião, que ele havia derrubado na desgraça por pura impertinência. E mais uma vez seu coração, normalmente corajoso, começou a disparar. E mais uma vez cresceu uma sensação de fraqueza no seu estômago. E mais uma vez seus dedos tremeram. E novamente ele estava como que paralisado, razão pela qual não saltou do arbusto gordo e correu atrás da estrepitosa carroça dos fantoches que seguia à frente, para receber a justa punição por seu crime.

De qualquer forma, Flip, a princesa raptada no crime de Menino, era contrária a isso. Ela acabara por gostar de Menino, que era em geral tão alegre, e não queria que ele viesse a apodrecer no calabouço real. Mas também não queria que o inocente Rodrigo Rufião apodrecesse lá também e, por isso, atrás do arbusto gordo, ficou refletindo laboriosamente. Refletir era, como Menino já havia percebido, um de seus fortes.

De fato, cedo naquela manhã, Flip ainda estava um pouco cansada, o que tornava o refletir mais difícil. Pois Menino a havia despertado quase no meio da noite: tarde demais, para os olhos de Menino, visto que haviam chegado tarde demais para impedir a captura de Rodrigo Rufião; mas, ainda em tempo, segundo os olhos de Flip, visto que haviam chegado ainda em tempo de se tornarem testemunhas da captura de Rodrigo Rufião e podiam refletir sobre como poderiam ajudar o mal-afortunado cavaleiro fora da lei.

E, portanto, Flip refletiu e chegou rapidamente a uma conclusão.

– Preste atenção, Menino – disse ela. – Vamos fazer assim: seguiremos a carroça dos fantoches até o palácio real. Quando chegarmos lá, não diremos que você é meu sequestrador. Em vez disso, diremos que você me libertou. E, então, ficarei frente ao seu tio Ródi e direi que não, não foi ele. O cavaleiro fora da lei Rodrigo Rufião não me raptou. Alguém só escreveu o nome dele na carruagem.

– Mas fui eu que fiz isso, eu escrevi o nome dele na carruagem! – Exclamou Menino.

– Sim – disse Flip. – Mas, além de mim, ninguém sabe disso, e eu não vou contar.

– Mas quem teria escrito o nome na carruagem, se não o tio Ródi ou eu? – Menino estava de repente terrivelmente confuso.

– Pois foi o meu sequestrador! – Exclamou Flip.

– Mas esse sou eu! – Menino exclamou de volta. – Eu sou o seu sequestrador! – Ele ainda não havia entendido. Mas Menino tinha acreditado nas histórias de Rodrigo Rufião sobre monstros marinhos e gigantes da neve. Para ele era muito difícil imaginar que uma história não fizesse sentido.

– Mas ninguém sabe disso, e eu não vou sair contando por aí! – Flip cruzou os braços em frente ao peito. Pouco a pouco, ela ficara irritada. Às vezes, aquele Menino conseguia ser tão lento quanto os arlequins nos teatros de marionetes!

– Mas alguém precisa ter raptado você! – Exclamou Menino, perplexo.

– Exato – disse Flip. – E foi um ser coberto de lama que fez isso. Direi que foi um espírito da lama mal-humorado da Floresta do Temor, que me trancafiou a noite toda em uma árvore oca até que você passasse por ali para me salvar.

A história que Flip inventara a agradava excepcionalmente bem. Menino precisaria primeiro se acostumar com ela. Afinal, não aparecia nenhum cavaleiro fora da lei, e nenhuma criatura marinha ou gigantes da neve podiam ser encontrados. Mas, nesse meio tempo, Menino havia enterrado o seu desejo de se tornar o escudeiro de um cavaleiro fora da lei. Não precisava mais cometer um crime grave e perigoso e, sob as novas circunstâncias, poderia muito bem tentar uma façanha heroica. Ele só desejou que tivesse realmente salvado a princesa, em vez de apenas fingir. Menino decidiu que um dia faria isso de verdade.

– Bom – disse, por fim. – Assim faremos! – E então ele e a princesa partiram bem cedo, em uma manhã ainda muito cinza, deixando a Floresta do Temor e seguindo por caminhos retorcidos e por arbustos cinzentos pelo crepúsculo. Eles queriam ir para o Palácio do rei Kilian.

Não muito longe, na verdade, perigosamente perto, o dragão Wak voava em meio ao amanhecer. Ele estava atrasado, atrasado demais para permanecer completamente invisível no crepúsculo com suas escamas pretas como a noite, mas isso não era a única coisa que o aborrecia. Wak estava de mau humor por diversas razões e teria preferido queimar alguns arbustos, árvores ou até mesmo, por ele, alguns vilarejos com seu sopro ardente. Deixou isso de lado apenas, pois isso o teria tornado ainda mais visível do que já estava àquela hora.

Razão número um para o mau humor de Wak era que ele não tinha encontrado nem Rodrigo Rufião, nem a princesa. Assim que levantara voo da torre do feiticeiro Rabanus Rochus, seguiu para o Castelo do Calafrio, para se deparar com um lugar vazio e abandonado. Nem ao menos um fantasma se encontrava ali, o que na verdade deixou o dragão aliviado, porque Wak, que não tinha medo de nada no mundo, achava que fantasmas eram realmente sinistros.

Depois o dragão sobrevoou a Floresta do Temor e encontrou a razão número dois para o seu mau humor. Após o longo período no segundo porão mais profundo de Rabanus Rochus, ele não era mais tão resistente quanto já havia sido. Wak se sentia sem forças e enrijecido, cada batida de asas lhe custava esforço, e, em pouco tempo, o dragão precisou baixar até a copa da Floresta do Temor, para descansar sobre um pinheiro grande e corcovado. Lá ele perdeu tempo precioso, ao tentar recuperar o fôlego. E o tempo perdido sobre o pinheiro corcovado não foi de longe o único que ele precisou desperdiçar naquela noite devido à sua fraqueza incomum. Agora mesmo ele se havia aventurado atrás de uma cerca exuberante e espinhosa de uma amoreira silvestre, onde, enquanto recuperava envergonhado o fôlego, foi surpreendido pelo amanhecer do dia.

E então Wak se pôs de mãos vazias no caminho de volta para a torre do feiticeiro, e novamente sem fôlego. Cada batida de asas doía, e, embora ele já pudesse avistar o jardim do palácio e a torre sob as primeiras luzes da manhã, o caminho até lá lhe parecia ainda terrivelmente longe.

Mas, em seguida, Wak sentiu novas forças, e elas estavam relacionadas a uma nova descoberta que ele fazia completamente sem querer. Pois, debaixo dele, a caminho do jardim do palácio, Wak notou de repente Menino e a princesa.

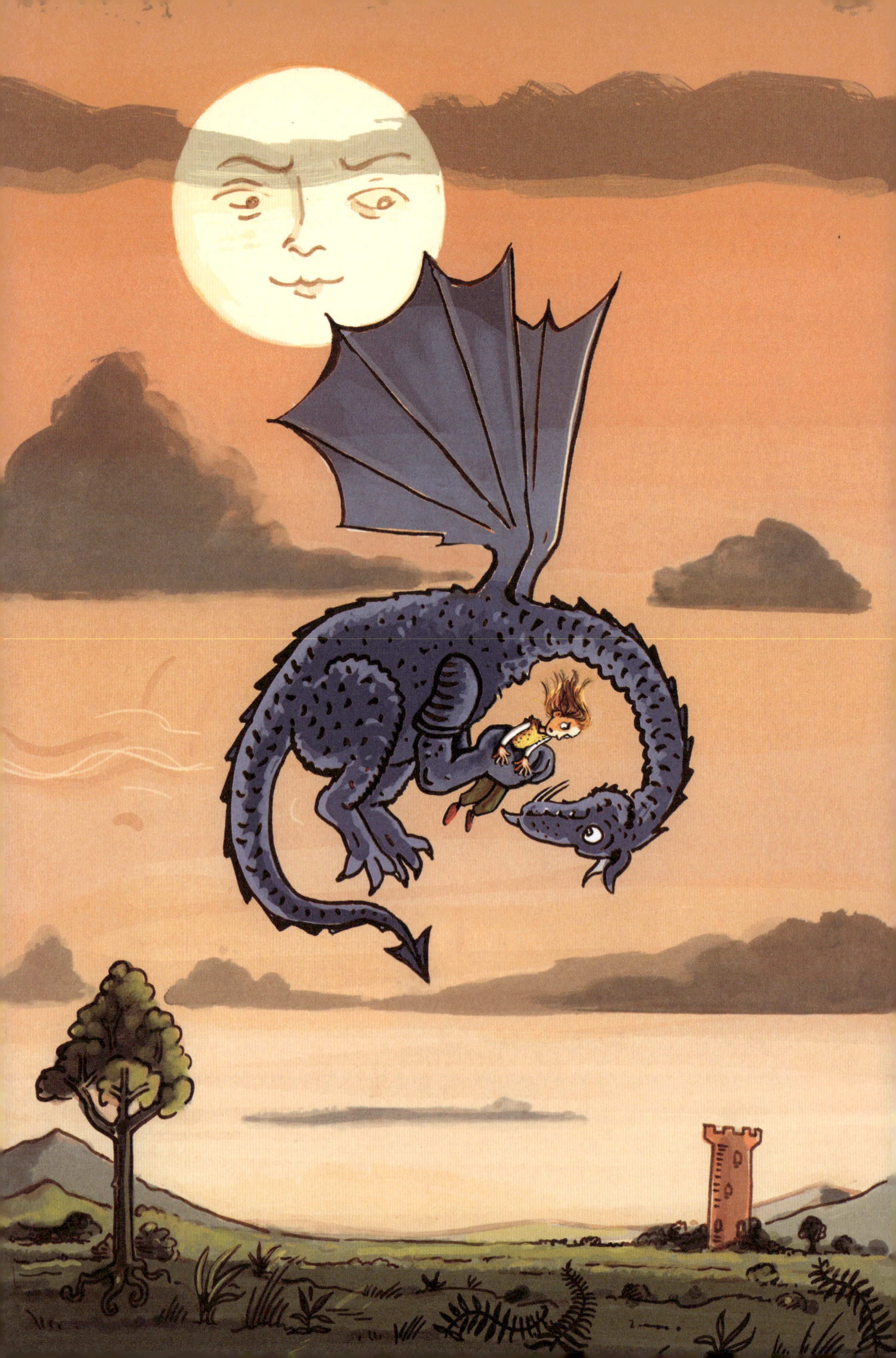

Com Menino o dragão não havia contado, ele não fazia ideia de quem seria aquele garoto de fantasia suja de arlequim. Mas, que a princesa era a princesa, Wak suspeitou imediatamente, apesar de suas roupas de fora da lei; e isso é facilmente explicado, porque Flip era uma princesa com todas as suas fibras e de todo coração, e, em geral, era facilmente reconhecida desse modo. E, assim, o dragão não hesitou muito e caiu como uma enorme ave de rapina na direção de Flip.

Flip, como vocês devem imaginar, não sabia o que estava acontecendo com ela. Há pouco, estava passeando ao lado de Menino – notícia boa, estavam quase chegando –, e, no instante seguinte, estava presa em uma pata de dragão que fedia a cinzas e enxofre e voava contra o sol nascente.

– Ei! – Gritou Flip, enquanto o vento passava por seus cabelos e por suas roupas. – Solte-me, seu bicho asqueroso! Sou uma princesa! O que você está pensando?

Que Flip era uma princesa, seu novo sequestrador, Wak, ouviu com muito prazer e, fora isso, permaneceu calado.

Flip pôde apenas ouvir Menino, que havia permanecido sozinho na estrada e balançava os punhos e soltava injúrias terríveis até que, bem, até que o medo tomou conta dele pela terceira vez na vida.

Dessa vez, tinha medo por Flip, e, até que seu coração parasse de disparar, seu estômago parasse de rumorejar e seus dedos parassem de tremer, o dragão já estava com a princesa nas garras bem acima no céu.

Mas por sorte já estava claro o suficiente para reconhecer aonde o dragão estava voando. De longe, Menino o viu pousar nas ameias de uma sombria torre no jardim do palácio do rei Kilian, e logo começou a perseguição. Ele não havia acabado de desejar salvar Flip um dia? Pois bem, agora poderia fazê-lo, e ele estava completamente decidido.

E se vocês estão-se perguntando porque Wak não deixou a princesa, como ordenara Rabanus Rochus, em uma ilha vulcânica ghudipanesa deserta, a resposta é a seguinte: patifes sabem melhor quão patifes são os outros patifes. Para não deixar que o feiticeiro passasse a perna nele, Wak decidiu chantagear o feiticeiro.

Menino correu mais rápido do que jamais havia corrido. Ele não sabia disso, mas às vezes o medo pode despertar forças extraordinárias. Ele chegou ao jardim do palácio em passo de lebre, mas seu objetivo, a torre sombria, ainda estava bem alto, no céu da manhã, quando de repente ouviu alguém soltar injúrias piores do que as que ele mesmo havia dito há pouco tempo durante o caminho.

Rapidamente, Menino se escondeu atrás de uma das cercas esculpidas artisticamente por um dos jardineiros de Kilian, e viu uma figura corcunda, vestida de preto e barba do queixo tremulante, seguindo em direção à torre. Vocês certamente já sabem quem vinha ali. Era Rabanus Rochus, e o feiticeiro estava ainda mais mal-humorado do que o esgotado Wak sobre o pinheiro corcovado.

– Um teatro de fantoches! – Menino o ouviu bufar. – Aquele maldito Padrubel! O que esse curandeiro está inventando? Ele acha mesmo que pode curar a tristeza do coração com algumas histórias divertidas? Hum! Jamais!

Menino esticou o pescoço sobre a cerca. Rabanus Rochus ficara parado e revolvia a barba, pensativo.

– E se funcionar, contra as expectativas? – Resmungou ele. – E se aquele charlatão tiver sucesso com o teatro de fantoches? Então adeus à coroa real, Rabanus Rochus! Então você descartou a princesa à toa! Kilian, o balofo, continuará sentado no trono! E possivelmente terá saúde suficiente para ficar ali por anos e décadas a fio! Ah, aquele maldito Padrubel! Vou atrapalhar seus planos! Esta noite, não haverá teatro de fantoches na corte! Eu vou impedir!

Menino não seria Menino se tivesse conseguido seguir mentalmente aquele monólogo perverso e traiçoeiro de Rabanus Rochus. Mas ele era Menino o suficiente para, assim que o feiticeiro continuou a se apressar, grudar na sua sola. Aquele sujeito sombrio certamente tinha algo a ver com o rapto de Flip pelo dragão, e Menino usou a oportunidade para se enfiar na torre do feiticeiro atrás da capa esvoaçante de Rabanus Rochus.

Ele se viu em um escuro vão de escada, e, sobre ele, ecoavam os passos de Rabanus Rochus. Sorrateiramente, Menino deu início à perseguição. Começou a subir, e isso era bom, visto que o dragão havia pousado lá em cima sobre as ameias. O medo de Menino desaparecera. Estava concentrado no que fazia.

Sobre ele, ouviu gemer a dobradiça de uma porta. Depois, Menino chegou ao fim da escada e pôde olhar pela porta aberta para a sala de estar em que Rabanus Rochus acabara de entrar. Menino se escondeu atrás do batente para que ninguém o visse.

A sala de estar estava carregada de uma fumaça espessa. Um cheiro forte de enxofre subiu às narinas de Menino. Seus olhos começaram a lacrimejar, e ele precisou segurar a tosse.

Rabanus Rochus tossiu esganiçado e balançou os braços para que a fumaça fétida se espalhasse um pouco.

– Wak, meu companheiro preto como a noite! – Exclamou com voz rouca. – Já está de volta? Resolveu tudo?

A partir de onde saía a fumaça, apareceu então a figura de um dragão. Menino viu brasas vermelhas reluzirem quando o dragão abriu a boca.

– De volta, Rabanus, sim, estou – trovejou ele. – E trouxe algo para você!

No mesmo instante, Menino e Rabanus perceberam a princesa. Flip se encontrava de braços cruzados e postura irritada logo ao lado do dragão. Era evidente que ela estava sob o seu poder, o que surpreendeu muito mais Rabanus Rochus do que Menino em seu esconderijo.

– Você deveria ter-se livrado da princesa, não a ter trazido até aqui! – Bufou Rabanus Rochus. – O que significa isso, Wak?

Da boca do dragão sibilavam chamas. Wak levantou a poderosa cabeça, e seus olhos amarelos fulminavam.

– É muito simples, Rabanus Rochus – rugiu ele. – Eu a trouxe até aqui para que você cumpra parte do seu trato. Já é tempo do meu tesouro, Rabanus! E, se eu não receber o tesouro agora, então levarei a princesa pessoalmente ao palácio real. E então pode dizer adeus ao seu sonho de se tornar rei.

– Você quer chantagear-me? – Perguntou Rabanus Rochus, em tom levemente ameaçador.

– Chame isso como quiser. – A boca de Wak estava agora repleta de uma coroa de chaminhas azuis. O calor chegava até à porta, onde Menino se encontrava. – De qualquer forma, você tem a escolha. Pode obter ainda hoje acesso à câmara do tesouro, ou nunca mais se tornar rei. E então, Rabanus, o que você escolhe?

– Mas, Wak, meu amigo! – A voz de Rabanus ficou de repente suave e sedosa. – Você está preocupado que eu não cumpra minha promessa?

O dragão vaporou fumaça de enxofre com desprezo. Flip precisou tossir e lançou para ele um olhar destruidor.

Rabanus Rochus continuou:

– É claro que vou manter minha promessa, meu amigo preto como a noite. Você só precisa ter paciência até o anoitecer.

– Até o anoitecer? Por quê? – Rugiu o dragão. Uma chama pontuda disparou de sua boca.

– Porque então a câmara do tesouro não estará vigiada – disse Rabanus Rochus ardilosamente e esfregando as mãos. – A pedido de Medicus Padrubel, hoje à noite será apresentado um divertido teatro de fantoches no palácio real. Todos estão convidados e devem rir, para que o rei, aquele chato, ria junto. E esta, Wak, é nossa oportunidade! Enquanto todos estiverem no salão, nós vamos atacar – Rabanus Rochus soltou uma gargalhada. De repente, ele não parecia mais ser uma vítima de chantagem, mas nem o ingênuo Wak ou o destemido Menino se deram conta disso, apenas a inteligente Flip. – De acordo, dragão?

Naturalmente, Rabanus Rochus seguia mais uma vez um plano sombrio. Vocês já saberão qual é.

– De acordo, Rabanus! – Sibilou o dragão. – Este será nosso último acordo. E não se atreva a me enganar! – As chamas da boca do dragão flamejaram dessa vez acima, até o teto do quarto.

– Eu nunca faria isso – disse Rabanus Rochus arreganhando maliciosamente os dentes. – Então, hoje à noite. Virei buscá-lo. E, até lá, você e a princesa se retiram para o porão, entendeu? Se ela escapar de você, o tesouro também lhe escapará.

– Não se preocupe com isso, Rabanus. Guardarei a menina como guardo o meu globo ocular! – Com essas palavras, Wak dirigiu uma garra à princesa e a pressionou contra o seu peito escamoso.

– Não se alegre tão cedo, dragão! – Gritou Flip. – Tenho um príncipe, e ele me buscará!

Menino não gostou de ouvir que Flip tinha um príncipe, até que percebeu que talvez ele pudesse ser esse príncipe. Por sua vez, isso o deixou contente, pois secretamente gostaria de ser o príncipe de Flip. Ele gostava mesmo e muito da princesa. E também chegava a admirá-la um pouco. Mas como, pelo amor de Deus, ele poderia livrá-la das garras daquele dragão enorme? Os tempos em que ele arrancava para cima de soldados da infantaria com uma lança meramente imaginária haviam acabado. Menino conhecera o medo e tinha ficado um pouco mais esperto. Portanto, precisava de um plano melhor, mas não tinha nenhum. Ele nem sabia ao menos como poderia desaparecer daquele vão da escada sem ser percebido, questão que era muito mais urgente, visto que Wak já se dirigia à porta com a princesa pressionada em seu peito escamoso para descer ao porão.

Menino decidiu tentar assumir um pouco a liderança. A forma de chegar em todos os porões era escada abaixo, então ele se pôs, antes do dragão chegar, ao limiar da porta, a caminho de baixo. Girando e girando, mais e mais profundo, tropeçava pelo vão escuro da escada e podia sentir os passos do dragão. A cada um deles, os degraus da escada vibravam.

Para onde? Menino chegou a um porão redondo e vazio, onde seus passos ecoavam e que cheirava especialmente a enxofre. E o dragão parecia segui-lo até lá. Menino avistava já o brilho do fogo do dragão, com o qual Wak iluminava o caminho.

Então, Menino desceu ainda mais fundo, e tropeçou em um porão cheio de quinquilharias. Algo tiniu metálico, quando ele bateu com o pé, e, para não fazer mais nenhum barulho, Menino ficou parado e segurando o ar. Também não daria para continuar: Menino chegara ao segundo porão mais profundo de Rabanus Rochus.

Ele fazia força para escutar, e não ouviu mais os passos do dragão. Em vez disso, o dragão parecia estar-se acomodando. Menino ouviu como ele afundou seu corpo pesado ruidosamente no chão.

– Pois bem, princesa! – Rugiu Wak no segundo porão mais profundo, um andar acima de Menino. – Nós vamos esperar aqui, e não pense que irei soltá-la, nem por um instante!

Depois de uma eternidade, Menino apanhou ar pela primeira vez. Ele não sabia o que fazer, mas pelo menos poderia explorar o local. E, então, moveu-se sorrateiramente e subiu um pouco a escada até poder sentir o cheiro do dragão, e depois até poder avistá-lo. O corpo pesado de Wak obstruía o vão da escada. Menino estava tão aprisionado quanto Flip.

Capítulo Doze

Onde Menino se torna, por engano, um delator

Do outro lado do jardim, o palácio do rei Kilian estava mais uma vez em alvoroço; na verdade, estava ainda em alvoroço; pois, desde que o rei soubera do rapto da princesa, ninguém, a não ser o rei, teve descanso. Alimentos brancos continuaram a ser oferecidos, e banhos quentes continuaram a ser preparados para Kilian. Até mesmo a orquestra, exausta, tocava quando suas forças deixavam.

Agora todos eles estavam incumbidos de mais uma tarefa: a pedido de Medicus Padrubel, o teatro real era preparado para a apresentação do teatro de fantoches, que o general havia trazido durante a noite. Ao nascer do sol, a criadagem se reuniu para ver passar uma pequena carroça de fantoches, transportada por três burros. Nas paredes da carroça de fantoches havia divertidas figuras pintadas, em frente às janelas havia vasos de gerânios, e sobre as janelas estava escrito em letras grandes e florescentes:

Teatro de fantoches do Papai Dick

Com a esperança de que os marionetistas que ali acorreram pudessem curar o rei melancólico, a criadagem reunida no pátio recebeu os recém-chegados com uma salva de palmas. E assim Mamãe Dick, Papai Dick, Sócrates e Rodrigo Rufião entraram no palácio real por um corredor de pessoas que os aplaudiam, reforçando o temor de Rodrigo Rufião, de modo que ele encolheu a cabeça. Não estava acostumado com tal atenção. Além disso, ainda contava secretamente com a sua captura.

Mas desde então passaram-se muitas horas, e Rodrigo Rufião ainda não havia sido desmascarado como cavaleiro fora da lei. Em um momento despercebido, até havia conseguido livrar-se da armadura, e vestia, para sua vergonha, apenas as longas roupas de baixo, já cinzas de tanto lavar. Mas as roupas de baixo e o medo de ser descoberto não eram de longe seu maior problema.

Rodrigo Rufião estava com frio na barriga.

Pois Papai Dick decretara que o cavaleiro fora da lei manipularia uma marionete na mais divertida das mais divertidas peças de fantoches. Papai Dick mesmo queria entrar no lugar da marionete do bardo, e, depois de recitar seus versos não tão ruins assim, queria tocar a marionete do dragão preto como a noite. Mamãe Dick deveria puxar os cordéis do arlequim, e, para Rodrigo Rufião, os Dick tinham oferecido um fantoche de cavaleiro especialmente grande.

E agora Rodrigo Rufião estava sentado com esse fantoche de cavaleiro entre os joelhos atrás do palco e fazia experimentos.

Ele puxava este e aquele cordel, e o grande cavaleiro levantava uma perna ou balançava a grande cabeça de tília. Tudo corria muito bem, mas o suor permanecia na testa de Rodrigo Rufião. Por um lado, pareceu-lhe que seu maior desejo secreto se estava realizando. Um desejo que era tão secreto que nem ele mesmo conhecia antes de ver as marionetes dos Dick na carroça dos fantoches. Por outro lado, ele tinha um medo terrível de fracassar em cena. Às vezes, lançava um olhar assustado ao palco e suspirava fundo.

O teatro de fantoches já estava quase inteiramente montado. "Castelo da Palhaçada", era assim que os Dick chamavam o cenário de madeira compensada, constituído apenas do desenho de duas torres coloridas e de uma cortina de permeio. Rodrigo Rufião o achou maravilhoso.

Ele puxou habilmente um terceiro cordel, de modo que o fantoche de cavaleiro girou ao redor de um bastão que Mamãe Dick havia fixado na mão da marionete. No palco, girar ao redor do bastão seria um dos movimentos mais importantes, pois ao fim da peça o fantoche de cavaleiro teria de expulsar o fantoche de dragão da câmara do tesouro do Castelo da Palhaçada. Na história, o dragão queria roubar o tesouro, e o arlequim e o cavaleiro iriam impedi-lo. E, porque Papai Dick tirava mais uma vez apenas as áridas histórias do antiquíssimo livro que consultava, aquela não era uma peça muito engenhosa e, infelizmente, também não era especialmente divertida.

– Bem! Muito bem! Você faz você mesmo, fora da lei! – Grasnou Sócrates, quando viu Rodrigo Rufião girar o fantoche habilmente ao redor do bastão. O papagaio estava empoleirado em uma das armações da carroça dos fantoches que tinha sido colocada atrás do palco. Ele havia-se agarrado em uma ripa de madeira, entre o dragão preto como a noite e o feiticeiro.

– Obrigado, Sócrates – disse Rodrigo Rufião, tímido. – Só me pergunto por que o cavaleiro tem um bastão e não uma espada.

– Talvez ele tenha esquecido a espada – gralhou Sócrates. – Algo assim pode acontecer, não é mesmo? – Rodrigo Rufião afundou o olhar envergonhado e deixou o fantoche girar mais uma vez ao redor do bastão. Ele ficava cada vez melhor, mesmo que ele mesmo não reconhecesse isso.

– Além disso – disse Sócrates –, bastões são divertidos, e espadas, não. Sabe Deus o porquê. Em todo caso, não mudaremos isso. A peça já é fraca o suficiente. Comerei as penas da minha cauda se Efraim Emanuel Dick fizer o rei cair na risada.

Rodrigo Rufião fez com que a marionete concordasse com a cabeça. Ele gostaria de ajudar o rei melancólico com um teatro de fantoches mais divertido, mas agora não havia mais tempo para ensaiar outra peça. A apresentação começaria em poucos minutos, e Rodrigo Rufião se sentia mal de nervoso. Mas isso não o ajudaria em nada. Eles precisavam ficar livres da apresentação e então fazer o que precisavam fazer: encontrar Menino.

– O que acontece – perguntou Rodrigo Rufião de repente para Sócrates – se eu fizer algo errado no palco? – Era difícil para ele pensar em outra coisa por muito tempo, e se vocês já tiveram frio na barriga alguma vez, então certamente conseguem entender isso.

– Oh, não se preocupe, fora da lei – gralhou Sócrates, observando distraidamente o fantoche de dragão ao seu lado. A marionete era quase tão grande quanto ele. – As peças de Efraim Emanuel Dick só podem ficar melhores se algo não correr conforme o plano. Tudo o que der errado a tornará mais divertida, pode acreditar.

Ele suspirou resignadamente, e empurrou o fantoche de dragão com o bico.

– E, conforme o plano, ela nunca acontece – gralhou ele. – Lembre-se de todas as minhas tentativas miseráveis de prever a nossa história. Hoje de manhã pensei seriamente que um dragão apareceria nela. Um dragão de verdade, entende, fora da lei? Daquele que cospe fogo e fumaça de enxofre. Hah!

Sócrates deixou a marionete balançar mais uma vez. Ele preferia ter de comer as penas de sua cauda a ter de contar com um dragão de verdade.

– No caso, aparece somente esse fantoche de madeira na nossa história, que nem ao menos consegue voar. O que eu estava pensando? Uma marionete é apenas uma marionete, e nada mais! Os fantoches da carroça não tinham nada a ver com isso. Eram apenas uma referência a eles mesmos. – Os olhos do papagaio cintilavam em direção a Rodrigo Rufião. – Sócrates se enganou, fora da lei! E como ele se envergonha de reconhecer isso. Oh, não!

Rodrigo Rufião fez o fantoche concordar com a cabeça mais uma vez. Segundo ele, o papagaio estava errado em acreditar que estava errado. Segundo ele também, as marionetes sempre significavam alguma coisa, assim como as histórias significam sempre alguma coisa, mesmo que não saibamos o quê. Mas não havia mais tempo para discutir sobre isso. O teatro ficou agitado, e a cabeça de Rodrigo Rufião ficou vermelha como uma framboesa de puro frio na barriga.

De fato, o salão já estava completamente cheio. Vozes zuniam, e cadeiras se arrastavam. As pessoas sussurravam e tossicavam. Elas juntavam as cabeças para cochichar ou olhavam cheias de expectativas para o Castelo da Palhaçada e para sua cortina entre as torres coloridas de madeira compensada.

Toda a corte estava reunida. Criados, empregadas, jardineiros, guardas e cavaleiros em armaduras rangentes compareceram. Logo na primeira fileira estavam sentados o astrólogo ao lado do general, o general ao lado do cozinheiro e o cozinheiro ao lado do mestre de banhos. E, próximos aos candelabros de muitos braços, criados já estavam a postos para apagar as luzes na hora certa, para que brilhasse somente o Castelo da Palhaçada. Pois naquele meio tempo, para fora das janelas do salão, estava escuro. Já era noite no reino do rei Kilian.

– Rei Kilian, o Último! – Berraram finalmente do outro lado, na parte de trás do salão, e instantaneamente toda a corte emudeceu. Todas as cadeiras se moveram como se fossem uma só, e, com um burburinho, todos os espectadores do teatro de fantoches se levantaram e viraram as cabeças.

O rei Kilian entrou, carregado sobre seu trono. Ele estava melancólico demais para andar sobre as pantufas. Sem forças, o rei estava pendurado entre os braços do trono, com a coroa dourada torta sobre a cabeça, enquanto dois criados suados carregavam ele e a poltrona. Medicus Padrubel e o criado pessoal predileto de Kilian, o das grandes orelhas, guiavam o séquito ao corredor que ficava no meio do teatro, e o criado pessoal predileto de Kilian traduzia o murmúrio baixinho do seu rei, tão meticuloso como sempre.

– Oh, não! – esbravejou ele. – Tanta gente! Posso retornar por favor ao meu quarto? Não estou nada a fim de um entretenimento! Padrubel? Ai de mim...

Mas o médico da corte estava completamente decidido a curar o rei com a ajuda da arte dos marionetistas e fez – embora estivesse andando ao lado do bramoso criado – como se não tivesse ouvido a reclamação real. Ele só parou quando o séquito chegou à primeira fila, e os criados suados apoiaram Kilian e a poltrona do trono ao fim do corredor médio.

Então, Padrubel se inclinou em direção a Kilian.

– O senhor deveria dizer algumas palavras, meu rei – sussurrou ele.

Kilian dirigiu a ele um olhar entristecido. Em seguida, soprou alguma coisa que Padrubel só compreendeu quando o criado pessoal predileto esbravejou no salão:

– Que comece e acabe logo o espetáculo!

Assim, os criados apagaram as velas no salão, até que queimasse apenas a luz do palco, e Papai Dick surgisse sob o claro brilho da vela, armado com uma folha de papel, na qual havia anotado seus versos introdutórios. Ele pigarreou cerimoniosamente. Então, começou da seguinte maneira:

"Altíssimo Rei, palácio digno de pincel,
aqui chegamos, montados a corcel,
– bem, na verdade, montados a burro,
o que não rimaria, como eu gostaria –
para deixá-lo de quatro
com nosso teatro,
em que, com muita girada,
queremos levá-lo a cair na…"

Mas, justamente nesta última rima, que não era a pior das piores de seus versos introdutórios, Papai Dick foi interrompido. Pois naquele instante, com enorme barulho, as portas do salão foram abertas, e irrompeu ali ninguém mais, ninguém menos que Rabanus Rochus. Como vocês devem lembrar, o feiticeiro havia decidido impedir o teatro de fantoches, e era isso que ele estava fazendo.

– Socorro! – Esbravejou ele no salão. – Venham prestar socorro! A câmara do tesouro real foi saqueada! A câmara do tesouro real está vazia! Nenhuma única moeda ficou para trás!

Talvez vocês possam imaginar tudo o que aconteceu ao mesmo tempo, após esse brado de alerta. Guardas, cavaleiros e naturalmente também o general se levantaram primeiro, num pulo. Foram seguidos pelos criados, empregadas, jardineiros, o astrólogo, o cozinheiro e o mestre de banhos, enquanto os criados do salão tateavam os candelabros para acendê-los novamente. Sócrates levantou voo e, como uma flecha, se atirou através das portas do salão para fora, Mamãe Dick e Rodrigo Rufião, ainda com as marionetes penduradas nas mãos, correram apressados para o Papai Dick, que permanecera boquiaberto na beira do palco; e Medicus Padrubel, preocupado, se inclinou ainda mais fundo em direção ao rei mergulhado em seu trono, enquanto o criado pessoal predileto esbravejava sobre todas as cabeças:

– Meu tesouro? Saqueado? Pobre de mim! Ai de mim!

Mas então os outros criados já levantavam o trono ao alto para carregar o rei atrás da corte que saía apressada em direção à câmara do tesouro, cenário do grave crime.

Foi um séquito estranho, como o reino do rei Kilian, o Último, nunca tinha visto antes, como ninguém jamais havia visto, muito menos Flip e Menino, e do qual se tornaram inesperadamente testemunhas. O dia todo eles haviam permanecido aprisionados na sombria torre de Rabanus Rochus; Flip, na fétida garra do dragão Wak, e Menino, um andar abaixo, escondido e sem ser notado, em meio às quinquilharias de Rabanus Rochus.

Vocês podem imaginar quanto tempo eles haviam permanecido ali e o quão desesperadamente Menino refletia sobre uma possibilidade de livrar Flip das garras do dragão. Não contaremos a respeito disso, porque Menino não encontrou uma possibilidade, e, no final, as horas fizeram o que elas sempre fazem, isto é, passaram. E, quando elas finalmente haviam passado, Rabanus Rochus apareceu no segundo porão mais profundo da torre para buscar o dragão.

Juntos eles desapareceram pelo vão da escada, e não se esqueceram de trancar a porta do porão. Pensaram em deixar Flip solitária e sozinha na prisão, até que Wak retornasse com o tesouro saqueado e, em seguida, fizesse a princesa desaparecer de uma vez por todas, para que Rabanus Rochus estivesse desimpedido para se tornar rei.

Era um plano realmente diabólico. Pois Rabanus Rochus partia do pressuposto que o atormentado rei não sobreviveria à perda do tesouro. Sem princesa, sem teatro de fantoches curador e ainda com todo o ouro e todas as pedras preciosas desaparecidas. Tudo isso somado seria definitivamente demais para o melancólico rei.

Eles só não haviam contado com Menino, pois, neste caso, Rabanus Rochus e Wak de maneira alguma deixariam a princesa sozinha na torre. E, mal haviam trancado a porta do porão, Menino saiu de seu esconderijo para libertar a princesa. Naquele instante, ele estava muito satisfeito consigo mesmo. Afinal, havia planejado salvar a princesa um dia.

– Que demora para me encontrar! Você é sempre tão lerdo? – Disse Flip, quando Menino surgiu no segundo porão mais profundo, como um espírito da lama em sua toca borbulhante. Mas ela disse isso apenas porque foi a primeira coisa que dissera ao se deparar com Menino pela primeira vez. Vocês ainda se lembram?

Na verdade, Flip ficou terrivelmente aliviada em ver Menino. Ela também tinha muita pressa. Pois a inteligente Flip sabia muito bem o que o feiticeiro e o dragão tinham em vista.

– Você consegue arrombar a porta, Menino? Eles querem roubar o tesouro. Temos de avisar o rei! – Exclamou ela.

Com esse fim, Menino trouxera uma barra de ferro, sobre a qual tropeçara na escuridão do porão mais profundo. Ele precisou golpear e empurrar a porta para arrombá-la, mas ao final conseguiu. Menino e Flip correram pelo escuro vão, escada acima, deixaram a sombria torre para trás e correram pelo jardim do palácio em direção ao iluminado palácio real, onde não havia um único guarda, porque toda a corte se encontrava no teatro.

Desimpedidos, Menino e Flip chegaram ao suntuoso salão de entrada, com a dupla escada de mármore e o poderoso candelabro, e, no mesmo momento em que se perguntaram aonde deveriam ir em seguida, quase foram atropelados pela multidão. O general, os guardas, os cavaleiros em suas armaduras os empurraram bruscamente para o lado. Depois vieram correndo os criados, as empregadas e os jardineiros, e, para que Menino e Flip não fossem pisoteados, não restou para eles nenhuma alternativa além de se esconderem atrás de uma coluna de mármore.

De seu esconderijo, eles viram Rabanus Rochus passar correndo, a barba do queixo tremulante; viram passar o cozinheiro, o astrólogo e o mestre de banhos, e, em seguida, Mamãe Dick, Papai Dick e Rodrigo Rufião, de roupas de baixo, passaram bufando por ali, e Menino não conseguiu chamá-los devido ao barulho geral. E Menino mal começara a segui-los quando foi novamente empurrado, dessa vez pelo criado pessoal predileto de Kilian, que esbravejava sem cessar.

– Ai de mim, ai de mim, pobre de mim! – Berrava ele, porque o rei soprava justamente essas palavras. Kilian, com o médico da corte sem fôlego ao seu lado, ainda era carregado sobre o trono e saltava para cima e para baixo sobre as almofadas do trono, devido à enorme pressa dos carregadores.

– Tio Kilian! – Chamou Flip, mas o rei não ouviu a princesa. Pois seu criado pessoal predileto esbravejava muito alto. Berrando, ele guiava a retaguarda real escada abaixo, em direção à câmara do tesouro real, que não era um poço escuro como a torre de Rabanus Rochus, mas ampla e bem iluminada. Flip levantou Menino do chão. Por um instante, ambos ficaram sem palavras.

Um andar abaixo, uma imagem terrível se apresentou à corte sem fôlego. A porta da câmara do tesouro, fortalecida com barras de ferro, havia sido arrombada. Na própria câmara do tesouro reinava o voraginoso vazio. Em geral, havia debaixo do teto abobadado montanhas de ouro: barras e moedas, pratos, copos e cálices, dos quais reluziam como olhos estimadas pedras preciosas: diamantes brancos, rubis vermelhos, esmeraldas verdes e, de vez em quando, um topázio azul. Mas agora não havia nada além do chão nu e do gemido assustado da corte que ecoava pela abóbada vazia quando finalmente também o rei Kilian chegou sobre seu trono bamboleante.

O general fez um sinal com a mão, e ele foi carregado para uma parede antigamente branca, onde há pouco se empilhava ainda uma montanha de moedas de ouro.

– Veja o que consta dali, meu rei – disse o general, rouco de raiva. Mas não foram apenas o general e o rei que, frente à diabólica escrita, ficaram transtornados.

Também Rodrigo Rufião, que estava entre os criados e empregadas ao lado de Mamãe e Papai Dick, sentia seu coração bater na garganta. Ele fraquejava e titubeava e quase chegou a desmaiar. Pois da parede constava o seu próprio nome em grandes letras pretas:

Vida longa ao cavaleiro fora da lei Rodrigo Rufião!

Era o que dava para ler.

Primeiro correu um murmúrio pela multidão, depois se fez um silêncio sepulcral, até que o rei soprasse algumas palavras incompreensíveis e mergulhasse inconsciente na poltrona do trono. Medicus Padrubel ainda pôde evitar que Kilian escorregasse no chão nu. O criado pessoal predileto gritou:

– Acho que vou morrer de tristeza!

Pois essas foram as últimas palavras de Kilian antes que ele perdesse a consciência.

No mesmo momento, o ardiloso Rabanus Rochus surgiu à frente, apontando o dedo para a parede escrita.

– Esse patife Rodrigo Rufião – gritou ele –, saqueou o tesouro real! E antes disso ele sequestrou a princesa. E ambas as vezes ele teve o atrevimento de deixar o seu nome para trás! Isso não pode ficar impune! Em nome do rei Kilian, o Último! Ponham-se em marcha! Cacem Rodrigo Rufião e acabem com ele!

No mesmo momento, a câmara do tesouro se encheu de elevados gritos de raiva. Eles ecoaram pela abóboda vazia.

– Capturem Rodrigo Rufião! – Gritavam os criados e empregadas.

– Não deixem Rodrigo Rufião escapar! – Gritou o raivoso mestre de banhos.

Papai e Mamãe Dick encaravam as pontas dos seus sapatos só para não ter que olhar para Rodrigo Rufião naquele momento, cujo rosto mudava alternadamente do vermelho-fogo para o branco-cal, e que desejava estar em qualquer lugar, de preferência na lua, e não ali no meio daquela multidão raivosa que gritava o seu nome e não fazia ideia de que ele estava no meio dela, vestido com roupas de baixo.

Rabanus Rochus, porém, também não sabia disso, e esfregava furtivamente as mãos. Pois quem vocês acham que escreveu o nome de Rodrigo Rufião na parede? É claro, foi o próprio Rabanus Rochus! O feiticeiro escrevera na parede para desviar a atenção de seu crime. Enquanto Wak, o dragão, roubava o tesouro.

– Às ordens! – Exclamou o general, como se Rabanus Rochus já fosse rei. Ele queria reunir seus cavaleiros para sair em busca de Rodrigo Rufião. Mas não conseguiu avançar muito em seu intento, pois naquele instante Menino e Flip entraram na abóboda.

O mais importante: eles haviam escutado da escada, e Menino estava fora de si de medo por Rodrigo Rufião. Seu coração nunca havia batido tão forte. Seus dedos nunca haviam tremido tanto. E o medo jamais havia despertado tanta força nele. Menino encontrou o cavaleiro fora da lei com sua longa barba em meio à multidão, e se atirou pelas fileiras da confusão da criadagem, lançando-se ao peito de Rodrigo Rufião.

– Menino! – Sussurrou Rodrigo Rufião comovido, envolvendo-o com os braços, pois ele se alegrava sobretudo em rever Menino, e em saber que ele estava bem. Mas esse "Menino!" ninguém

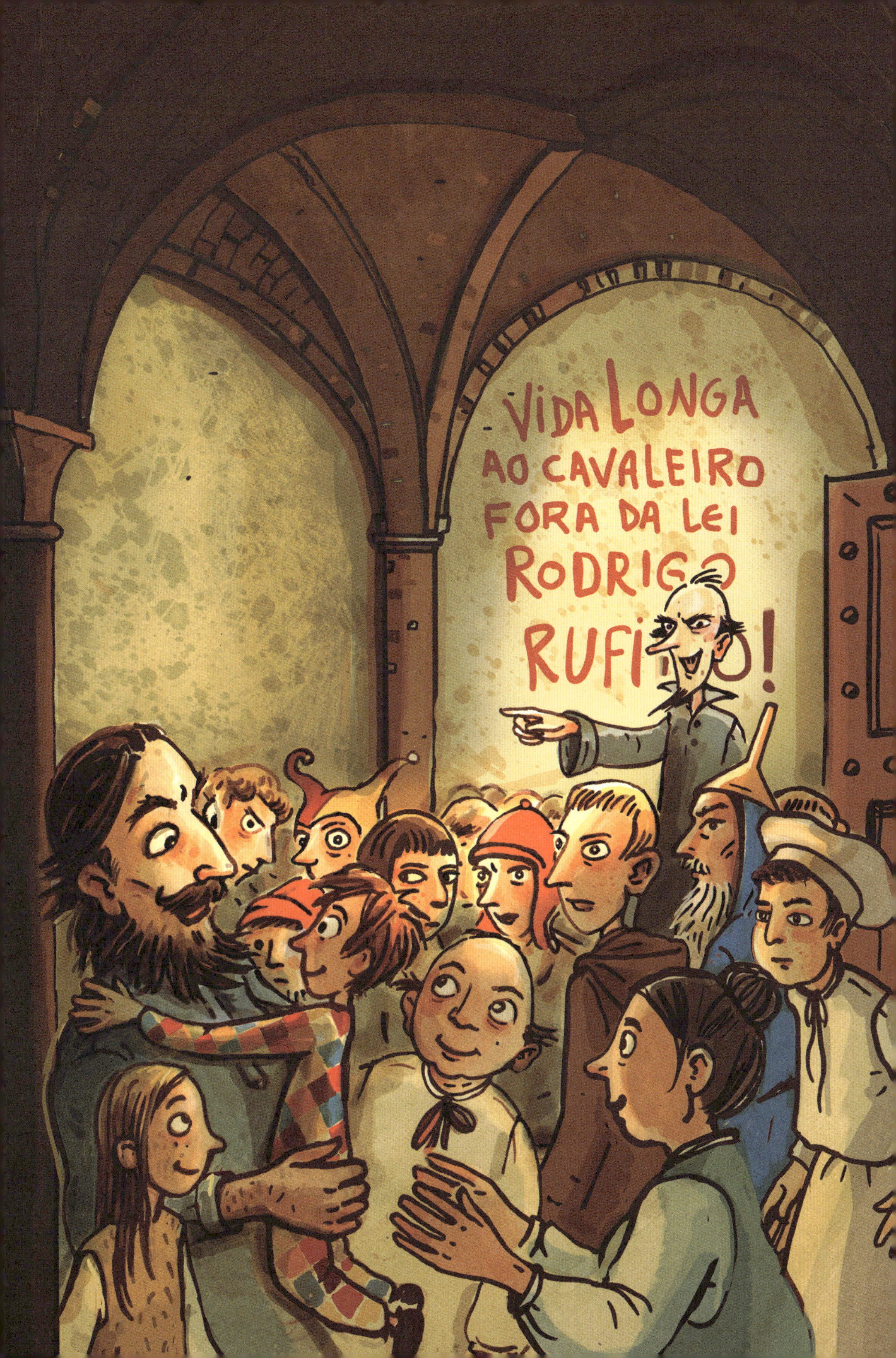
VIDA LONGA
AO CAVALEIRO
FORA DA LEI
RODRIGO
RUFI O!

ouviu, nem ao menos Mamãe e Papai Dick, que estavam logo ali ao lado e que, naquele instante, se sentiram aliviados.

Pois, naquele instante, todos ouviram apenas Menino gritar bem alto:

– Não! – Exclamou Menino. – Não! Vocês não podem prender meu tio Ródi! Não foi Rodrigo Rufião! Ele não saqueou o tesouro! Ele também não raptou a princesa! Fui eu! E o tesouro foi...

O resto ninguém ouviu mais, infelizmente. A verdade de Menino pereceu em uma terrível confusão, e Rabanus Rochus era esperto e perspicaz o suficiente para atiçar aquela confusão com as palavras corretas. Ele não fazia ideia de onde tinha surgido aquele pequeno arlequim, mas Rabanus Rochus descobrira a princesa, que ele pensava estar há pouco na sua torre. Seu plano corria enorme perigo, e ele sabia como salvá-lo.

– Esse é Rodrigo Rufião! – Gritou Rabanus Rochus tão rápido e apontando com o dedo para o homem alto, em cujo pescoço estava pendurado um estranho garoto, vestido com um traje sujo de arlequim. – Prendam-no! – Gritou Rabanus Rochus. – Prendam todos eles! Os ladrões estão entre nós! Eles se fantasiaram de marionetistas! Eles entraram no palácio sorrateiramente como marionetistas!

E, porque a situação era obscura e Rabanus Rochus era tão decidido, o general e seus cavaleiros fizeram como comandado. Capturaram cada um dos supostos ladrões: o boquiaberto Rodrigo Rufião e Menino, pendurado no seu pescoço; os Dick, quase desmaiados de alegria e medo; e até mesmo Flip, que berrava em seu traje de fora da lei, mas ninguém acreditaria dessa vez, em meio àquela confusão, que ela era na verdade uma princesa. O rei naturalmente a teria reconhecido, mas ele estava inconsciente e sem sentidos.

O médico da corte abanava ar em Kilian, enquanto tudo estrondeava na câmara do tesouro, e achava a situação altamente peculiar. Padrubel viu os soldados e guardas levarem o garoto e a menina e os três marionetistas e se perguntou se tudo aquilo acontecia da forma correta. Então, lançou um olhar ao triunfante Rabanus Rochus e coçou a barba prateada, desconfiado. Este, pensou o médico Padrubel, não poderia ser o fim da história.

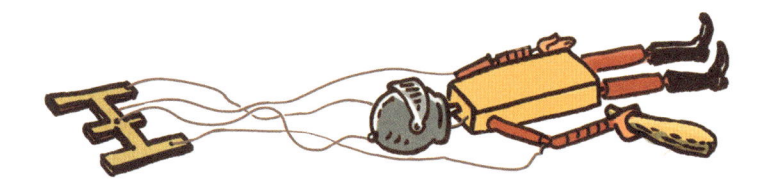

Capítulo Treze

*Onde Rodrigo Rufião e Menino, seu escudeiro,
dizem o certo na hora errada*

No calabouço do rei Kilian, o Último, Rodrigo Rufião, a princesa Flip, Mamãe Dick e Papai Dick estavam sentados como pássaros sobre o poleiro. Estavam sentados sobre o único catre que havia dentro da cela da prisão. Atrás das grades que separavam a parca cela de uma antecâmara, balançava uma lamparina que mergulhava o local em uma luz fraca e amarela.

Somente Menino não estava tranquilo o suficiente para se sentar, e ficou levantando e retornando ao catre. Ele fazia as piores acusações a si mesmo. Não podia acreditar no que tinha feito.

– Então, absolutamente ninguém sabia que você é Rodrigo Rufião? – Perguntou pela centésima vez. – Então, só fomos presos porque eu o abracei? – Menino balançou a cabeça, perplexo. – Então, fui eu quem o delatei, tio Ródi! E, se eu o delatei, então jamais poderei ser seu escudeiro! – Os cabelos de Menino, vermelhos e abundantemente embaraçados, estavam em pé.

Rodrigo Rufião suspirou, mas suspirou de alívio. Estava aliviado de reencontrar Menino, e – mesmo que vocês não queiram acreditar – estava aliviado de estar no calabouço do rei Kilian. Pois por tanto tempo havia contado com o pior, e por tanto tempo ficara imaginando o pior, que o pior, quando aconteceu, nem era tão ruim assim. Pois é desse modo que o medo funciona: inclina-se ao exagero.

E outra coisa estranhamente também acalmava Rodrigo Rufião: agora que ele estava no calabouço, não precisava mais esconder que era Rodrigo Rufião. E que este Rodrigo Rufião na verdade não era um cavaleiro fora da lei ele também não queria esconder por mais tempo. Ele estava arrependido pelo disfarce. Queria ser finalmente ele mesmo. Ele tinha algo a dizer a Menino.

– Menino – começou, portanto –, você ter-me delatado tem muitas consequências boas. Por isso, você não precisa ficar-se remoendo. E meu escudeiro você pode ser sempre, em qualquer circunstância. Seria uma honra para mim, Menino, mesmo que não ache correto você ter sequestrado a princesa.

Rodrigo Rufião se inclinou para a frente da princesa, para lançar um olhar de compaixão a ela, mas Flip desviou. Ela não estava brava com Menino, estava brava com Rabanus Rochus e com todos que não a reconheceram como princesa.

Rodrigo Rufião prosseguiu:

– De novo, Menino, você poderia ser meu escudeiro a qualquer momento. Mas só acho que você não vai querer ser meu escudeiro quando descobrir quem eu sou de verdade.

– Ah, não? – Perguntou Menino, cruzando os braços na frente do peito, como a princesa às vezes fazia. – E por que não, tio Ródi?

– Porque não sou quem você acha que eu sou – suspirou Rodrigo Rufião. Para ele já havia sido difícil antes, no Castelo do Calafrio, confessar ao papagaio que ele só se fingia de cavaleiro fora da lei. Admitir agora para Menino lhe parecia cem vezes mais difícil.

– Ah, tio Ródi – disse Menino. – Você está falando da oficina de gesso, na qual você confecciona os esqueletos e os crânios? Mas isso eu já sei faz tempo, tio Ródi! Flip me explicou tudo.

Rodrigo Rufião ficou boquiaberto. Fitou Menino, a inteligente princesa, e Menino novamente.

– E também sei que você inventou o cavaleiro Bogumil Drohmir e os gigantes da neve! – Exclamou Menino.

– Você sabe? – Perguntou Rodrigo Rufião, rouco.

Menino concordou com a cabeça, muito sério.

– Por isso fiz as piores acusações a mim mesmo, tio Ródi – disse ele. – Se eu soubesse que você não era um cavaleiro fora da lei de verdade, não teria escrito seu nome na parede da carruagem! Foi muito mal o que eu fiz.

– Isso não foi mal! – Rodrigo Rufião levantou-se de um salto. Com quase dois metros de altura, ele ficou em pé na cela, vestindo suas roupas de baixo velhas de tanto lavar. – Você me escute bem, Menino. Fui eu quem fiz mal. Nunca devia ter mandado você embora para cometer um crime grave e perigoso. Isso foi mal! Eu queria ter o meu sossego, e tive medo de que você o atrapalhasse. Por isso que lhe contei essas abobrinhas sobre a prova. Foi perverso o que eu fiz!

– Ah, eu lido bem com abobrinhas! – Exclamou Menino. – E, se você nunca me tivesse mandado embora, eu nunca teria conhecido Flip. – Agora, Menino lançava um olhar tímido para a princesa. Agora declarara que gostava dela. – Não, tio Ródi – prosseguiu ele –, você pode dizer o que quiser. Eu que fui o malfeitor, porque não sabia que existe mal dentro de mim. E o que você poderia ter feito quando me encontrou de repente e petulante no portão do castelo? Eu praticamente forcei você a me contar abobrinhas. E, além disso, quebrei o vaso de flores da pobre Tusnelda!

Rodrigo Rufião precisou sorrir quando a conversa levou a Tusnelda, o delicado cacto.

– Quer saber, Menino? – Disse ele. – Você pode até achar que é um malfeitor agora, mas eu só tenho a agradecê-lo. Pois você fez comigo o que fez com a delicada Tusnelda. Você quebrou a minha prisão como quebrou o vaso de flores, como é do seu feitio. Foi só por sua causa que me atrevi a sair do Castelo do Calafrio. Sem você, eu jamais o teria ousado. – Ele quase acrescentou que, graças a Menino, também tinha conhecido o teatro de marionetes, porém manteve-se em silêncio. Sobre as coisas que estão no coração não gostamos de falar superficialmente.

– Talvez ele realmente tenha quebrado sua prisão – intrometeu-se Flip. – Mas é um pouco estranho você falar isso justamente dentro de uma prisão, tio Ródi.

Flip chamou Rodrigo Rufião assim porque Menino o chamava de tio Ródi. Além disso, Rodrigo Rufião não lhe parecia ser um rude brutalhão. Embora fosse tão alto e de barba preta, ele parecia ser tão delicado quanto seu cacto predileto.

– Pode ser – Rodrigo Rufião sorriu mais uma vez. – Mas o calabouço do rei Kilian é uma prisão exterior. No Castelo do Calafrio, eu residia na minha prisão interior.

– Preciso agradecê-lo ainda mais do que você a mim! – Exclamou Menino. – Antes de descobrir em que situação eu o havia colocado, eu não tinha medo nem da morte nem do diabo, mas depois tive medo por você. E medo – clamou ele – é um sentimento muito especial! O coração da gente bate descontroladamente!

O estômago da gente fica muito esquisito! Às vezes, a gente não consegue nem se mexer; mas, de repente, nos sentimos tão fortes quanto um urso! E tudo isso eu sei só por sua causa, tio Ródi!

Mamãe Dick suspirou alto, e Papai Dick balançou mudo a cabeça. Que filho era esse que até então não conhecia o medo e depois falava disso como se fosse uma poção mágica?

– Acho – continuou Menino, excitado – que um cavaleiro só é um cavaleiro de verdade quando aprende o que é o medo. O medo ensina a diferenciar as boas das más ações. E ensina também, assim que ele é superado, a coragem. Não é verdade, tio Ródi? Para ser mau, não é necessário ter coragem. A coragem é necessária somente para o bem.

– Pode ser – disse Rodrigo Rufião e pensou no momento em que entrou pela primeira vez na carroça dos fantoches. E depois pensou em quando concordou em manipular uma marionete. Apesar de todo o frio na barriga, ele subiu no palco e esperou, atrás do Castelo da Palhaçada, que a cortina se abrisse. E, se aquela cortina tivesse se aberto, pensou ele, o normalmente temeroso Rodrigo Rufião teria seriamente se atrevido a entrar no jogo. Talvez essa fosse a coisa mais corajosa que ele já fizera. Ou pelo menos quase fizera.

– E então? Conseguiram esclarecer isso? – Perguntou a princesa Flip, depois de um tempo de silêncio. – Ou querem continuar discutindo quem de vocês carrega mais maldade? Se precisarem de um juiz para decidir, assumo com prazer a tarefa. Vamos lá: nenhum de vocês presta como malfeitor. Mas tem aqui no palácio alguém que é tão mau que não consigo suportar!

– Rabanus Rochus! – Exclamaram todos como de uma boca só. Pois naturalmente Flip e Menino, Rodrigo Rufião e os Dick falaram sobre o feiticeiro na cela. Afinal, Flip e Menino ouviram o suficiente na torre do feiticeiro para conhecerem o plano diabólico de Rabanus Rochus. Eles tinham certeza de que ninguém mais, além do feiticeiro da corte, Rabanus Rochus, teria escrito o nome de Rodrigo Rufião na parede da câmara do tesouro.

– Rabanus Rochus! – Exclamaram uma segunda vez, mas não porque Flip o havia mencionado, mas porque o feiticeiro, armado com uma tocha de piche, surgia naquele momento no calabouço do rei Kilian.

– Ah! – Soltou Rabanus Rochus como cumprimento. – Estão aí sentados chafurdando no próprio infortúnio? Assim está certo! – Ele se aproximou da grade e iluminou a cela com a tocha. – E então? Já se arrependem de terem cruzado o caminho do esperto Rabanus Rochus?

Todos, até mesmo os excessivamente cautelosos Dick, lançaram olhares maldosos para o feiticeiro. Todos, até mesmo o atrevido Menino, mantiveram-se em silêncio. Mesmo que Menino tivesse preferido encurvar as barras das grades e atacar Rabanus Rochus.

Rabanus Rochus soltou uma gargalhada.

– Pois é, a boa-fé burra de vocês me fez um favor atrás do outro. Por isso, pensei em descer aqui e dizer obrigado. O pequeno arlequim aqui raptou a princesa, exatamente quando eu queria mandar raptá-la. Foi assim, não foi? Então, o nobre cavaleiro Rodrigo Rufião se tornou suspeito, exatamente quando precisei urgentemente de um suspeito. A senhora e o senhor marionetistas distraíram todos os guardas, quando era tempo de roubar o tesouro. A princesa apareceu gentilmente em roupas de fora da lei, para que ninguém a reconhecesse, e, em boa hora, este pequeno arlequim apontou o dedo para o fora da lei. Maravilhoso! Obrigado, obrigado, obrigado, minhas senhoras e senhores. – Rabanus Rochus não conseguia mais parar de rir.

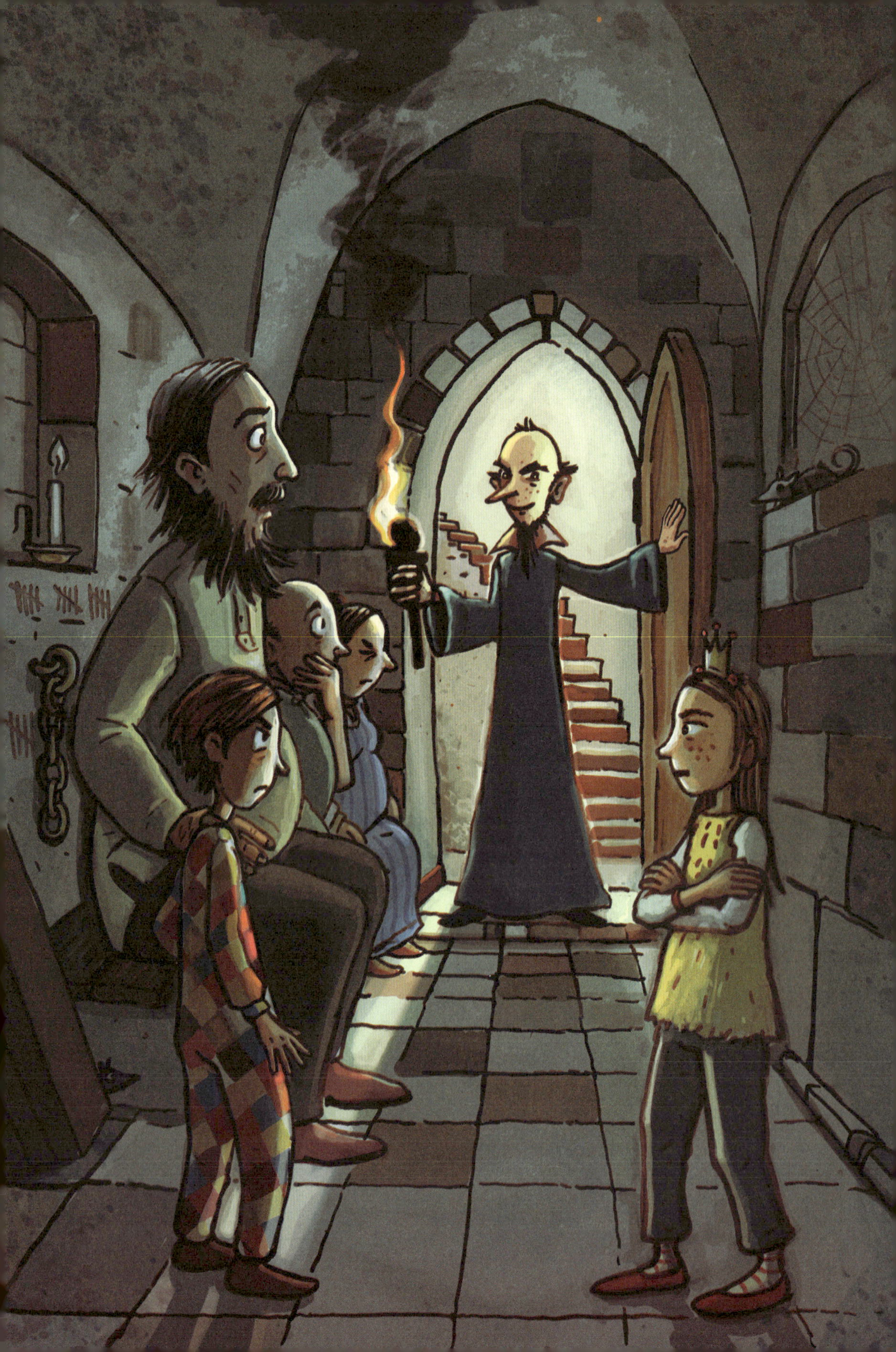

– Você se considera especialmente esperto – disse Flip com uma raiva gélida.

– Eu não me considero esperto, eu sou esperto! – Exclamou Rabanus Rochus. – E certamente mais esperto do que você. Embora quisesse muito saber como você fez para escapar da torre. O pequeno arlequim a salvou? Ou você arrombou a porta completamente sozinha? Eu deveria ter organizado melhor meu porão. Mas, que seja. Também esse erro se tornou uma vantagem para mim. Tudo se tornou uma vantagem para mim.

– Eu ouvi tudo! – Disse Flip. – Sei que você deixou o tesouro com o dragão para se tornar rei! Você será um rei pobre!

– Todavia, um rei! – Gritou Rabanus Rochus, embora Flip tivesse tocado na sua ferida. – Diferente de você, princesa, logo estarei sentado no trono. Kilian não suportará a constante tristeza. A cada instante ele se aproxima do fim. Para isso, ouro e pedras preciosas foram um preço baixo! E não foi uma ideia genial roubar o tesouro esta noite? Eu não matei dois, mas três coelhos com uma cajadada só. Impedi o teatro de fantoches, que poderia ter salvado Kilian, mesmo que eu não acreditasse nisso. Paguei o dragão idiota. E joguei Kilian no último abismo. Ah! Talvez me sente já amanhã cedo no trono. Então, farei o julgamento de vocês.

– Julgamento? – Perguntou Papai Dick, sua voz falhava, e ele parecia naquele instante tão triste quanto o rei Kilian. Todavia, eles eram apenas pobres marionetistas! – O que vai acontecer com a gente? – Choramingou ele.

– Oh! – De tanta alegria antecipada, Rabanus Rochus teria gostado de esfregar as mãos, mas a tocha gotejante de piche não o ajudava. – No que concerne ao caso de vocês, minha fantasia não possui limites. Mas acho que vou mandá-los ao fim do mundo! Talvez eu os exile nos desertos de gelo do Polo Norte, onde os gigantes da neve poderão brincar de bocha-de-neve com vocês.

Menino atentou às palavras "gigantes da neve".

– Ou os deixarei em uma ilha de areia no mar profundo, onde vocês perturbarão os monstros marinhos que dão um cochilo à tarde, sobre as ondas.

"Monstros marinhos" também não escapou a Menino.

– Mas, naturalmente – continuou Rabanus Rochus –, Ghudipan também entra em questão. Lá vocês poderiam viver em um campo de lava em meio a um lago de enxofre, e lidar com idiotas ingênuos como Wak. Vocês sabiam que dragões ghudipaneses não temem nada além de fantasmas? Eles não têm medo de um cavaleiro fora da lei de roupa de baixo!

Rodrigo Rufião engoliu em seco. Ele tinha tanto medo de gigantes da neve quanto de monstros marinhos e certamente também de dragões ghudipaneses.

– Pois é – Rabanus Rochus balançou a tocha, como se quisesse dar um golpe final. – Então vocês sabem o que os espera, e agora vou dar uma olhada no padecente rei. Espero que esteja pior do que há pouco. Então, esse chato desse médico Padrubel finalmente desgrudará dele. Pois eu também vou mandá-lo para o Polo Norte, ou para Ghudipan. Não consigo mais suportar as suas boas intenções!

E, assim, Rabanus Rochus fez meia-volta e deixou o calabouço. Flip, Menino, Rodrigo Rufião e os Dick permaneceram ressentidos para trás. A primeira estava com raiva, o segundo pensava nos monstros marinhos e gigantes da neve, o terceiro fazia as piores acusações a si mesmo, e Mamãe e Papai Dick estavam simplesmente destroçados no chão.

– Não podemos deixar esse patife sair livre dessa, não é? – Disse Flip, depois de um tempo.

– Não – respondeu Menino. – Mas o que devemos fazer?

– Estamos sentados no calabouço – lembrou-os Rodrigo Rufião.

– No fundo do poço – disse Mamãe Dick.

– Alguém precisa ajudar-nos – disse Flip. – Precisamos de um aliado que não esteja aqui sentado no calabouço.

– Mas quem? – Perguntou menino, pensando com tanto esforço que sua cabeça começou logo a doer.

– Se entendi direito, Medicus Padrubel não é nenhum amigo de Rabanus Rochus – disse Flip. – Por outro lado, ele está muito ocupado, cuidando do tio Kilian. Talvez ele não faça ideia do que esteja acontecendo aqui.

– Ah – soltou Rodrigo Rufião. – Se Sócrates estivesse aqui! Ele sempre tinha ideias inteligentes sobre a continuação desta história.

– Sócrates? – Perguntou Menino.

– Sócrates? – Perguntaram Mamãe e Papai Dick.

– É, onde é que ele se meteu? – Perguntou Menino.

Mas, onde o papagaio estava, ninguém sabia.

Capítulo Quatorze

*Onde Sócrates e Medicus Padrubel bolam
um bom final para esta história*

É, onde Sócrates se metera?

Bem, naquele instante, ele estava empoleirado como qualquer corvo-correio sobre as ameias da torre do feiticeiro e tentava tirar o terrível fedor de enxofre de sua plumagem.

Ele olhou para a lua e se sentiu pequeno e insignificante. O papagaio tinha colocado toda a força e inteligência que ele possuía naquela história, mas a história o vencera. Queria ter saltado o segundo e talvez o terceiro capítulo para ultrapassar Menino no quarto... E agora? Agora ele estava, não no quarto, mas no décimo quarto capítulo, empoleirado nas ameias de uma torre que ele até então desconhecia, e ainda não fazia ideia de onde Menino se encontrava, e o que ele estaria fazendo.

Entretanto, ainda há pouco, ao ver Rabanus Rochus arrombar a porta do teatro e anunciar o roubo do tesouro, tudo tinha ficado claro! Revelara-se de repente para ele que Menino, o Furioso, estava desde o início de olho no tesouro do rei Kilian! A caminho do palácio, Menino quase que por acaso raptara a princesa, mas apenas na câmara do tesouro é que seu plano se concretizou. Enquanto a corte estava distraída, porque Efraim Emanuel Dick estava apresentando uma de suas tediosas peças de fantoches, Menino roubou o tesouro real, e, assim, cometeu o grave crime que ele queria cometer todo esse tempo!

Esses foram os pensamentos de Sócrates quando ele disparou para fora do teatro antes de todo mundo para pousar na fuga de Menino. Certamente seria difícil para o garoto carregar o tesouro real, e seria fácil para Sócrates alcançá-lo.

O papagaio encontrou uma janela aberta e voou para fora, em direção à escuridão. Sócrates batia as asas violentamente, disparou pela cobertura do palácio e saiu para o jardim, sobrevoou as cercas artisticamente cortadas e voou por baixo de esplêndidas árvores antigas. Tinha sempre o chão em vista, porque procurava Menino em fuga, e se espantou quando de repente um fétido cheiro de enxofre lhe subiu pelas narinas. Era uma verdadeira baforada de enxofre, e o afiado olhar de Sócrates a seguiu para cima. O papagaio olhou para o céu escuro, e a primeira coisa que descobriu foi um lençol branco, completamente cheio de cálices dourados e candelabros, mas, acima de tudo, flutuante.

Por um instante, Sócrates interrompeu as batidas de asas. O papagaio começou a cair, mas depois retomou o voo. Lençóis não flutuavam, disse para si mesmo. E, certamente, meninos não podiam voar. Ou esta história era uma daquelas em que pequenos garotos de repente aprendiam a voar? Havia histórias assim no livro de histórias, e o pragmático papagaio não dava muito valor para elas. Ele preferia as histórias que contavam sobre coisas que realmente existiam: cavaleiros, feiticeiros e dragões, por exemplo.

Dragões! Sócrates mal havia concluído esse raciocínio quando viu o dragão Wak voar por um claro raio da luz do luar, e a raiva flamejou dentro dele como jamais havia flamejado. Não foi Menino, mas aquele dragão quem roubara o tesouro!

E não era um dragão qualquer, mas um dragão preto como a noite, como aquele pendurado na carroça dos fantoches! Sócrates não havia suspeitado de um dragão assim nesta história? E não havia acabado de enterrar a sua suspeita? Pois é, será que esta história estaria fazendo ele de bobo? Ela não tinha dedicado nenhum outro papel para ele que não o do palerma que fica tropeçando pelos capítulos?

E, por diabos, quem era aquele dragão preto como a noite? E por que ele estava pousando naquele momento sobre as ameias da sombria torre do feiticeiro, em vez de ir embora com a sua presa?

Sócrates começou a perseguição. Como uma flecha, disparou em direção à torre do feiticeiro e pousou, sem fôlego, sobre uma das ameias. Debaixo dele, na torre, ouviu o dragão rumorejar e tinir. Pois o dragão se apertava naquele momento pelo estreito vão da escada com toda a sua presa, girando e girando, mais e mais profundo. Ele queria buscar a princesa Flip para deixá-la em uma ilha deserta no mar de enxofre.

Sócrates o seguiu, descendo pelo úmido vão da escada. Ele saltava cada vez mais fundo, degrau por degrau, sempre atrás do brilho do fogo do dragão, os olhos formigando devido ao vapor de enxofre.

Por fim, Wak chegou à porta arrombada do segundo porão mais profundo, farejou uma vez ao redor da abóbada vazia e

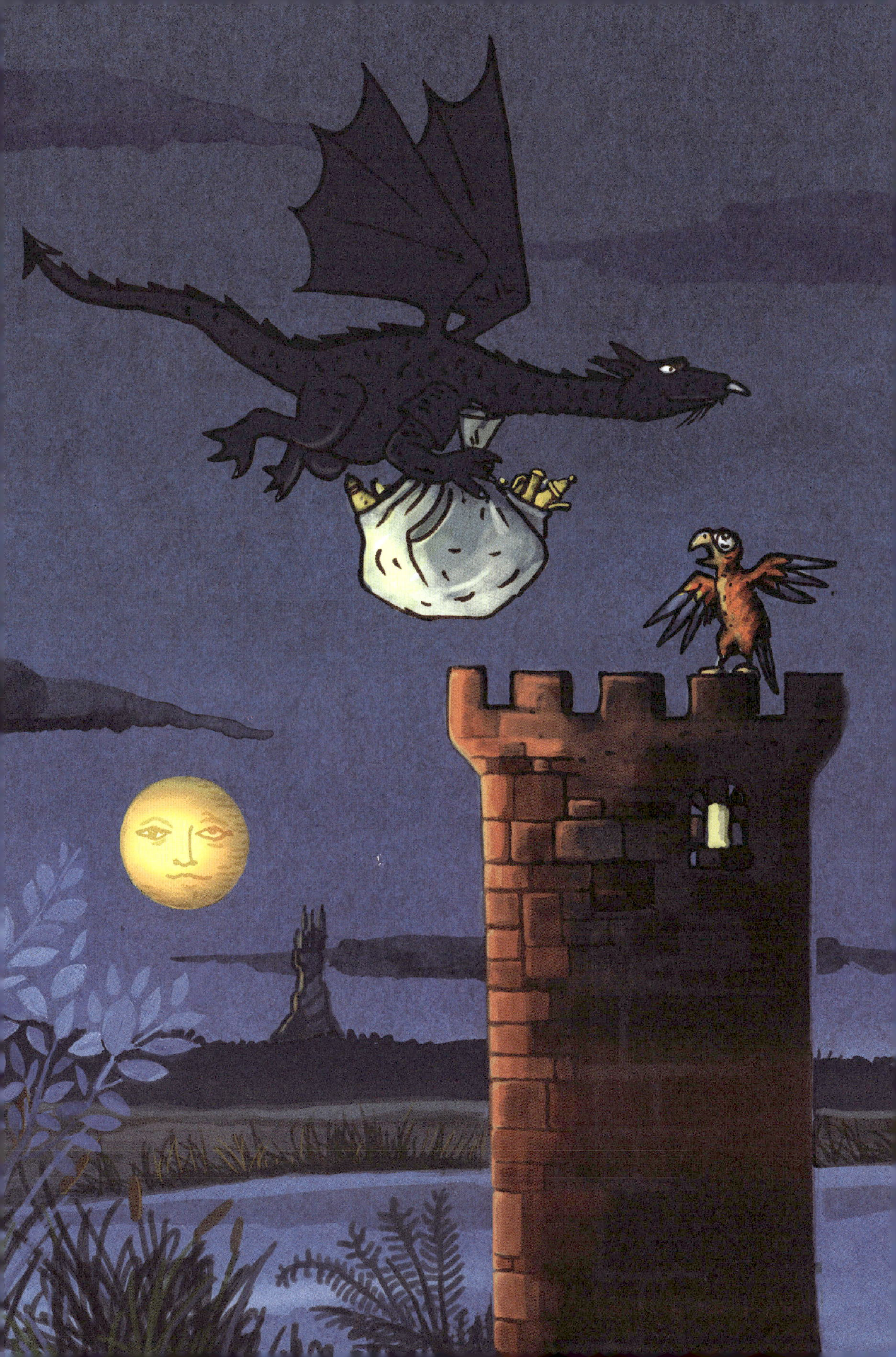

precisou reconhecer que a princesa havia escapado. Sócrates o observava do vão da escada. Ousadamente, saltou ainda até o último degrau e se atreveu a entrar no porão, justamente quando Wak balançou os ombros escamosos e voltou para trás.

– Então ela se foi – resmungou o dragão. – Para mim é até melhor. Pelo menos assim não preciso fazer nenhum desvio no voo para despachá-la em algum lugar – ele soltou um jato chamejante de fogo, e o portão ficou de repente tão quente, que Sócrates teve medo de que pudesse derreter suas penas.

– Até nunca mais, porão! – Sócrates ouviu o dragão bufar, e, no mesmo momento, uma nuvem de enxofre especialmente densa e mordaz o envolveu. O papagaio não pôde mais ver o dragão. Ele só podia ouvi-lo, mesmo que aquele monstro falasse, segundo Sócrates, até então através de charadas.

– Vou procurar um lugarzinho bonito no castelo vazio do fora da lei, e lá me deitarei sobre o tesouro! – Murmurou Wak, e de repente seu corpo pesado e escamoso estava muito próximo. Sócrates não conseguiu ser rápido para desviar e, com o próximo passo, a pata de Wak varreu o pequeno papagaio para o lado.

Sócrates planou completamente sem controle em meio à fumaça amarela e pousou grosseiramente no chão duro do porão. Quando ele se recompôs, esfarrapado e cheirando a enxofre, Wak já se espremia pelo estreito vão da escada. Ele não havia nem ao menos notado o pequeno papagaio. E, até que Sócrates conseguisse subir as escadas com seus doloridos ossos de pássaro, Wak já havia voado noite adentro, com seu lençol branco completamente cheio.

Sócrates permaneceu vencido e perplexo sobre as ameias da torre do feiticeiro: exatamente onde o encontramos no início deste capítulo. O que lhe restava além de voar de volta ao teatro? O ladrão era um dragão, e todos deviam ficar sabendo disso.

Mas, como vocês devem estar imaginando, Sócrates encontrou o teatro abandonado. Em frente ao inutilizado Castelo da Palhaçada sobre o palco, encontravam-se apenas algumas cadeiras caídas, e até as luzes haviam sido apagadas, e o papagaio, que havia pousado por fora em uma grande janela, precisou de toda a nitidez do seu olhar para reconhecer qualquer coisa dentro do salão. Sua perplexidade crescia cada vez mais. Agora não apenas Menino e a princesa raptada haviam desaparecido, mas também os Dick e Rodrigo Rufião? Será que a história havia continuado e o deixara lá fora, esquecido na escuridão?

Ele levantou voo mais uma vez em direção à carroça dos fantoches na entrada no palácio. Certamente o teatro de marionetes havia sido completamente cancelado, e onde mais os Dick e o fora da lei deveriam estar que não na carroça dos fantoches, sob tais circunstâncias?

– Ai de mim! – ressoou de uma janela aberta. – Não sou mais rei, sou um pobre rato de igreja! Nada me restou além da minha coroa de ouro, e ela me aperta já há tantos anos! Pegue minha coroa, Padrubel! Está-me deixando com manchas roxas, e também não sou digno de usá-la!

Raras vezes o criado pessoal predileto de Kilian tinha de esbravejar uma lamentação tão longa do rei; e, antes mesmo que ele terminasse, Sócrates tinha pousado no batente da janela aberta. Não havia sido mérito seu, mas pura e desmerecida sorte; todavia, descobrira o aposento de dormir real. Cuidadosamente, Sócrates ajeitou com o bico algumas penas arrepiadas. Depois, espiou pela janela aberta.

Naquele momento, Medicus Padrubel estava curvado sobre o rei, que se encontrava deitado sobre o leito almofadado e, diferente do que Sócrates supunha, nem vestia sua coroa.

– Ele está sonhando – disse Medicus Padrubel ao criado pessoal que se encontrava ao lado do leito almofadado como se tivesse visto um fantasma. – Não precisa traduzir o que ele murmura no sono. Não queremos que acorde com suas próprias lamentações. Ele deve continuar dormindo até que eu saiba como ajudá-lo.

O criado pessoal concordou com a cabeça, e Padrubel caminhou pensativo em direção à janela, onde, suspirando, se deixou cair em uma poltrona, forrada com tecido adamascado, e começou a folhear um grande livro.

Uma leve tosse o assustou. Vinha da janela aberta. Padrubel esticou a cabeça e olhou para fora.

– Macacos me mordam! – Exclamou ele. – É o papagaio!

– Sócrates é o nome dele – disse Sócrates.

– Boa noite, Sócrates – respondeu Padrubel, levantando-se da poltrona e se aproximando da janela. – Vi você chegar junto com os marionetistas. Só não fazia ideia de que você conseguia falar. Mas sei que papagaios são pássaros muito inteligentes.

– Nem tão inteligente assim – disse Sócrates, e falava do fundo do coração. Houve um tempo em que tivera orgulho de sua inteligência. Mas, desde que passou a perseguir Menino, a dúvida lhe remoía e nunca de uma forma tão forte quanto naquele momento.

– Não? – Perguntou Padrubel, esboçando um sorriso na barba prateada. – Se você veio para que eu curasse sua tristeza, Sócrates, então infelizmente precisarei dispensá-lo. Contra a melancolia, não conheço nenhum meio, como você pode ver – ele indicou o leito real almofadado, onde descansava o melancólico rei Kilian. – Eu tinha esperanças de que um divertido teatro de marionetes pudesse curá-lo, mas isso não aconteceu.

– O teatro de marionetes não teria sido de nenhum modo divertido – disse Sócrates. – Efraim Emanuel Dick é, a saber, um trapalhão. Fazia muito bem para Sócrates ficar sentado ali, conversando com o médico da corte. Pareceu-lhe que estavam dividindo seus desabafos. Afinal, nem Sócrates nem Padrubel haviam avançado naquela história. Menino ainda estava desaparecido, e o rei ainda estava melancólico. Por outro lado, Sócrates era apenas um pequeno papagaio, e não um médico famoso, razão pela qual ele suspendeu tais comparações.

– Trapalhões podem ser muito engraçados – objetou Padrubel. – Mas não me admira que suas peças não sirvam. Afinal, ele não é um marionetista, mas um ladrão.

– Efraim Emanuel Dick? – Gralhou Sócrates. – Efraim Emanuel Dick, um ladrão? De onde o senhor tirou isso, honrado Padrubel? Peço licença, mas não escuto tamanha maluquice há mais de cem anos!

– Então ele não é um ladrão? – Perguntou Padrubel. Há tempos ele já suspeitava que havia algo duvidoso no reino de Kilian. E, na câmara do tesouro do rei Kilian, acontecera algo especialmente duvidoso.

– Efraim Emanuel Dick é um marionetista. Ruim; todavia, é um marionetista – grasnou Sócrates.

– Mesmo assim – disse o médico –, ele acabou de ser capturado como ladrão. Se o estiver procurando, ele se encontra no calabouço real. Dizem que pertence ao bando fora da lei de Rodrigo Rufião.

– Bando fora da lei de Rodrigo Rufião? – Gralhou Sócrates. – Que bando fora da lei?

– Pois é – disse Padrubel. – Você deveria saber, Sócrates. Ouve-se por aí que todos vocês, fora da lei, fantasiaram-se de marionetistas. E, enquanto distraíam a corte com o teatro de fantoches, as crianças fora da lei saquearam o tesouro.

Sobre o parapeito da janela, Sócrates puxou o ar.

– Que crianças fora da lei? – Gemeu ele.

– Uma menina com um colete de fora da lei e um garoto muito sujo com um traje estranho de arlequim – respondeu Padrubel.

– Menino! – Soltou o papagaio e, de tanta excitação, começou a girar sobre o parapeito da janela. – Não pode ser verdade! Menino está aqui?

– Se esse Menino é o garoto de traje de arlequim, então ele também se encontra no calabouço – disse Padrubel. – Ele apareceu subitamente na câmara do tesouro.

– Na câmara do tesouro? – Gralhou Sócrates. De repente, parecia que ele tinha levado um balde de água fria.

– Sim – disse Padrubel. – E então ele correu para abraçar o cavaleiro fora da lei Rodrigo Rufião, que se escondia despercebido no meio da multidão. Não é de se admirar que ele se escondesse, já que o nome Rodrigo Rufião estava escrito na parede da câmara do tesouro saqueada.

O bico de Sócrates se abria e se fechava. Os acontecimentos evidentemente tinham se desembestado; e, com efeito, absolutamente sem ele. A história que ele perseguia já há dias, dentro de poucos instantes, tinha tomado, não uma, mas três ou quatro viravoltas ao mesmo tempo, e ele não apenas não havia previsto nenhuma delas, como também as deixara escapar.

Com olhar pesado, Sócrates virou para Padrubel.

– Sabe – grasnou finalmente –, tudo começou quando Menino fugiu em uma tempestade, em uma quarta-feira à noite, para se tornar escudeiro do cavaleiro fora da lei Rodrigo Rufião.

– Ah é? – Disse Padrubel, apoiando os braços no parapeito da janela, as mãos na barba prateada, como se estivesse se ajeitando para uma boa história.

– Até aí, eu ainda participei – gralhou Sócrates. – Mas então tudo começou a ficar terrivelmente confuso. Por exemplo, no início, eu suspeitava que o cavaleiro negro iria aparecer.

– É mesmo? – Disse Padrubel. – E então?

– Pois bem, o cavaleiro negro ficou de fora – respondeu Sócrates. – Ele não tinha nada a ver com a história.

– Hum – soltou Padrubel. – Mas ele poderia ter aparecido, não é verdade? Nesse caso, a história seria diferente, e nós a contaríamos outra hora, um para o outro. E naturalmente apenas se nos encontrássemos nessas circunstâncias – acrescentou ele.

– Sim – disse Sócrates com convicção. – Esse é o maior problema: que uma coisa sempre leve a outra. Se eu, por exemplo, não tivesse convencido Rodrigo Rufião a deixar o Castelo do Calafrio, o general, que vocês enviaram, não teria encontrado a carroça dos fantoches à beira da Floresta do Temor, e nós nunca nos teríamos encontrado. Por outro lado, vocês nem precisariam de um teatro de fantoches se Menino não tivesse sequestrado a princesa e, assim, levado o rei a cair em uma melancolia especialmente profunda.

– Teatro de fantoches é sempre necessário – disse Padrubel. – Sem teatro de fantoches, não dá.

– Pode ser – concordou Sócrates. – Mas o que quero dizer é que eu só tornei tudo pior. Eu não desemaranhei a história, apenas a emaranhei ainda mais.

– Pois é – disse Padrubel. – O mundo inteiro é uma grande história, e fazemos parte dela. Diga-me, Sócrates, você não quer tentar contar-me tudo em sequência?

– Em sequência? – Sócrates suspirou. – Na maioria das vezes tudo aconteceu ao mesmo tempo, honrado Padrubel, mas vou tentar.

E, assim, Sócrates começou o seu relato até chegar finalmente à parte em que o fétido dragão varreu o papagaio para o lado, na sinistra torre de Rabanus Rochus.

– Ai! – Exclamou Padrubel. – Mas descreva esse dragão para mim, querido Sócrates. Pois existem de diferentes tipos.

Como qualquer médico versado, Padrubel quando jovem se dedicou também à matéria dos dragões.

– Esse dragão voa como um morcego – disse Sócrates, pensando na marionete-dragão da carroça dos fantoches. – Mas, em primeiro lugar, ele é preto e, no meio da noite, invisível.

– Veja só – disse Medicus Padrubel, e pensou em Rabanus Rochus. Pouco a pouco, desmascarava o feiticeiro. – Diga-me, Sócrates, você tem total certeza de que não foi Menino quem roubou o tesouro?

– Não tenho certeza de mais nada – suspirou Sócrates. – Mas por que Menino roubaria um tesouro e o daria de presente a um frívolo dragão? Ah, honrado Padrubel, contemplei tantas possibilidades e fiz tantos planos, e todas as vezes estive errado! – Sócrates balançava a pequena cabeça colorida, atordoado.

– Agora pare de se amargurar – disse o médico. – Histórias não são resolvidas com planos. Mas a filha dos fora da lei, que Menino trouxe com ele, ela seria a princesa, não é?

Sócrates ainda não tivera essa ideia. A princesa estaria no calabouço?

– Não pode ser outra coisa! – Exclamou Padrubel. – E essa é uma boa notícia para o meu paciente, o rei Kilian. Penso que, com isso, eu o acordarei. Mas ainda há outra coisa com a qual temos de tomar cuidado, Sócrates.

– E ela seria? – Perguntou o papagaio. Ele sabia que a história tinha de continuar, mas naquele instante estava exausto demais para prossegui-la.

– Temos de pôr fim aos crimes de Rabanus Rochus – disse Padrubel. – Pois foi Rabanus Rochus quem levou o dragão à câmara do tesouro. E certamente também foi ele quem escreveu o nome de Rodrigo Rufião na parede.

– É? – Disse Sócrates, fraco. Quantas vezes tinha notado o feiticeiro pendurado no teto da carroça dos fantoches? E que importância ele dera a isso? Muito pouca! De preferência, teria colocado a cabeça debaixo das asas e sonhado uma história na qual ele seria mais inteligente do que naquela.

– Mas, para acabar com os crimes de Rabanus Rochus, precisamos primeiro encontrar o dragão – disse Padrubel, baixinho. – O dragão precisaria entregar Rabanus Rochus. Ele precisaria confessar tudo. E todos precisariam ouvir o que ele tem a dizer; principalmente o rei Kilian, para que demitisse o seu feiticeiro.

– Encontrar o dragão? – Indagou Sócrates. De repente, sentiu-se mais uma vez cheio de vida. Novamente ele tinha algo a acrescentar a essa história. Estava de volta ao jogo. – Eu sei onde o dragão está! – Exclamou. – Ele queria fugir com o tesouro para o castelo vazio do fora da lei. Certamente se referia ao Castelo do Calafrio. Lá não tem ninguém!

– Esplêndido! – Padrubel bateu as mãos. Então, olhou para a noite lá fora e refletiu: – Histórias costumam terminar onde começam. Sabia disso, Sócrates?

Capítulo Quinze

Onde dançam fantoches muito especiais

O Teatro de Fantoches do Papai Dick chegara ao pátio do castelo no domingo, ao amanhecer; e, na segunda, ao amanhecer, deixou-o. Enquanto a corte ainda dormia, a carroça alta e em formato de caixa trambolhou para longe dali. Com Papai e Mamãe Dick sentados no banco do cocheiro; e, dentro da carroça dos fantoches, apertavam-se Menino, Flip, Rodrigo Rufião e Sócrates, que dessa vez possuía oportuna vantagem de conhecimento.

Não fazia nem meia hora que o papagaio, Medicus Padrubel e o general, já informado, apareceram no calabouço do rei Kilian para libertarem sorrateiramente o suposto bando fora da lei de Rodrigo Rufião.

Vocês devem imaginar o quão surpresos ficaram Rodrigo Rufião, Menino e o casal Dick. Apenas a princesa não esperava nada além de sua breve libertação.

– Que demora – disse ela, ao sair da cela com suas roupas de fora da lei para, sob a fraca luz da lamparina, pendurada em frente à cela, ainda se surpreender. Pois, em vez de se recolher aos aposentos da princesa, Flip deveria, e assim explicou Medicus Padrubel aos sussurros, bater em retirada junto com o Teatro de Fantoches do Papai Dick, em direção ao Castelo do Calafrio. O resto, Sócrates explicaria para eles no caminho em direção à Floresta do Temor. Iriam recuperar o tesouro real e revelar a conspiração de Rabanus Rochus, e o Teatro de Fantoches do Papai Dick tinha muito trabalho pela frente.

E, assim, um pouco mais tarde, o médico da corte acenou para o Teatro de Fantoches que trambolhava para longe dali. Em seguida, girou nos calcanhares e seguiu para acordar o rei Kilian.

– Espere só, Rabanus Rochus – murmurou antes de sacudir os ombros do rei, enterrado em seu leito almofadado, tapando ao mesmo tempo as orelhas, porque o tresnoitado criado pessoal predileto de Kilian começara a esbravejar as primeiras palavras sonolentas manhã adentro.

– O QUÊ? COMO? POR QUE ME ARRANCAM DO MEU SONO? DE QUE ME SERVE ESTE NOVO E TERRÍVEL DIA?

Mas, quando Padrubel explicou ao rei que a princesa Filipa Anegunde Rosa estava esperando por ele no Castelo do Calafrio, pela primeira vez, desde o seu sequestro, ele se deixou vestir sem protestos. Ainda que gemesse e lamentasse em sua enorme fraqueza, não se afundou como de costume de volta ao leito almofadado nem caiu uma única vez em desmaio. Em vez disso, sentou-se no trono com a coroa apertada sobre a cabeça e se deixou carregar à carruagem real, que o esperava na entrada do palácio.

Doze sublimes cavalos brancos haviam sido atrelados, pois supostamente também cavalos brancos ajudariam contra a melancolia. Além disso, na carruagem oferecia-se bolos brancos brilhantes e leite quente. Contudo, o criado pessoal esbravejava o mal-estar de Kilian carruagem afora:

– Precisa ser necessariamente em um castelo de fora da lei? A princesa não pode me ver após o seu retorno, em meus aposentos? – Mas Padrubel decidiu ignorá-lo.

O médico da corte revistou a banda marcial que acompanharia a carruagem real na viagem ao Castelo do Calafrio. Ele cumprimentou o soldado da infantaria e seu secreto aliado, o general, que tomariam a dianteira do séquito em direção ao Castelo do Calafrio. Então, para ver que horas eram, ele olhou para o sol, que naquele momento se encontrava no céu da manhã, fresco como um limão. Padrubel ainda esperava pelo seu convidado de honra. Ainda esperava por Rabanus Rochus.

O feiticeiro da corte dormiu concebivelmente mal. De um lado, a possível perspectiva de se sentar no trono real no dia seguinte não o deixou descansar. Ao mesmo tempo, o saco de palha o espetava, porque ele dera seu lençol ao chantagista Wak, para que o dragão pudesse levar o tesouro para longe dali. Mas logo, pensou Rabanus Rochus enquanto andava frente à porta da torre do feiticeiro com sua camisola preta, ele estaria descansando na montanha almofadada de Kilian. Como rei, o sono dos reis o aguardava.

Então, Rabanus Rochus notou uma pequena carta caída na soleira da porta, e reconheceu o timbre de Medicus Padrubel. Seria já a triste notícia do falecimento noturno de Kilian? Rabanus Rochus dava risadinhas por dentro ao rasgar o timbre; mas, ao ler, seu ânimo foi ficando gélido como uma pedra.

Prezado Rabanus Rochus,

De coração alegre, devo comunicá-lo que a saúde do nosso amado rei faz progressos. A princesa Filipa Anegunde Rosa foi encontrada! Portanto, hoje ao nascer do dia, a corte seguirá em uma viagem que reunirá nosso amado rei com sua tão dolorosamente desaparecida sucessora do trono. Como esta viagem nos leva através da Floresta do Temor – onde, como se ouve, habitam espíritos da lama, gnomos das raízes e duendes –, a companhia de um experiente feiticeiro, como o senhor, é imprescindível. Peço então ao senhor, em nome do rei e do general, que apareça ao nascer do dia à entrada do palácio para sair conosco em viagem.

Saudações,
Padrubel, Medicus.

Rabanus Rochus estava fora de si de tanta raiva. Era um absurdo que o velho balofo estivesse melhor. E, acima de tudo, era impossível que a princesa tivesse sido encontrada em um lugar tão distante. Ela se encontrava anônima no calabouço: Rabanus Rochus cuidara disso pessoalmente, e com gloriosa astúcia!

O médico da corte o estaria atraindo para uma armadilha com a carta? Queria conseguir que ele, Rabanus Rochus, corresse imediatamente para o calabouço, a fim de ver se a princesa ainda apodrecia ali? Rabanus Rochus certamente não concederia esse favor a Padrubel! Pois assim ficaria provado que ele sabia o tempo todo que a filha dos fora da lei capturada era a princesa. Oh, não, Rabanus Rochus entraria no jogo e partiria junto em viagem. Mesmo assim, ainda restava a possibilidade de que Padrubel estivesse enganado, e que a princesa não tivesse sido encontrada, mas fosse outra pessoa, que alguém simplesmente confundira com a princesa! E esse seria o próximo golpe no rei Kilian, para quem nada seria pior do que a esperança perdida!

Rabanus Rochus correu de volta à torre, livrou-se da touca de dormir preta e cobriu-se com a preta capa de feiticeiro. Então, correu para atender ao chamado do médico da corte, pelo jardim do palácio e em direção ao séquito de viagem.

– Prezado Rabanus! – Exclamou Padrubel ainda de longe. – Bem-vindo a uma inesquecível viagem!

Nesse dia longo, eram muitos os que não esqueceriam a viagem do rei Kilian ao Castelo do Calafrio, e a maioria deles eram espíritos da lama, gnomos das raízes e duendes. Eles já achavam ruim meninos e princesas passando pela Floresta do Temor, e indignavam-se com a carroça dos fantoches puxada pelos burros tilintantes, que evidentemente não parecia trambolhar pela Floresta do Temor o número suficiente de vezes. Mas nada antes havia preparado os espíritos da lama, gnomos das raízes e duendes para a travessia do séquito da corte pela Floresta do Temor.

O barulho era ensurdecedor. Cavalos ferrados e cavaleiros vestidos com armaduras estrepitosas abriam caminho para a carruagem real, e, mal haviam passado, os espíritos da lama, gnomos das raízes e duendes ouviam o criado pessoal do rei Kilian esbravejar, a cargo do lamurioso senhor que reclamava quão distante e terrivelmente precária era a estrada. E, quando finalmente cavalos, cavaleiro, criado e carruagem haviam passado, seguia toda uma banda, ao som de trombetas e rá-tim-bum, que fantasmagoricamente levava os silenciosos moradores da Floresta do Temor ao desespero. Não foram poucos entre eles que, naquela segunda-feira de manhã, emigraram da Floresta do Temor para assombrar florestas estranhas, mas o que aconteceu ali é uma outra história que outra pessoa contará algum dia.

De qualquer forma, o séquito do rei Kilian era tão barulhento que Rodrigo Rufião e Menino, seu escudeiro, puderam ouvir a corte já de longe. Juntos, ambos esperavam sobre a ponte levadiça frente ao Castelo do Calafrio.

– Vai começar – disse Menino. – Você está nervoso, tio Ródi?

– Tenho um pouco de frio na barriga – respondeu Rodrigo Rufião. – Mas um pouco de medo é necessário. – Ele contemplou o estreito caminho rochedo abaixo, onde estavam as cruzes e sepulturas. Porém, os esqueletos confeccionados sobre o pedregulho haviam desaparecido.

– Medo dá asas – disse Menino, acenando seriamente com a cabeça.

E, assim, ambos pularam a fresta onde faltava uma tábua na ponte levadiça e retornaram ao Castelo do Calafrio pelo portão escancarado. Da placa no portão que eles haviam acabado de trazer constava:

Para o teatro de fantoches, por aqui

escrita por Menino com a lama da toca de um espírito da lama.

Juntos, Menino e Rodrigo Rufião atravessaram a plantação de batatas e a horta do pátio interno, entraram no Castelo do Calafrio, e passaram pelos antiquados papéis de paredes e pelos quadros de parentes escurecidos em direção àquele salão empoeirado, em cujo palco os grosseiros antepassados de Rodrigo Rufião obrigavam saltimbancos e marionetistas a entretê-los em suas festas. Talvez vocês se lembrem: Menino e Flip já estiveram aqui uma vez.

À primeira vista, o salão parecia inalterado. A cortina puída ainda estava fechada, e ninguém removera as teias de aranha, penduradas no teto e em frente às janelas sujas. Elas pareciam envolver o salão em uma névoa pegajosa, e, porque entrava ar por todas as janelas, elas balançavam às vezes como os lençóis de fantasmas acinzentados.

Nova, contudo, era a meia-luz, porque Sócrates escolhera apenas as velas mais baratas da despensa de Rodrigo Rufião: a saber, aquelas que tremulam perversamente e respingam de forma sinistra.

E nova também era a viga, que corria por trás da cortina puída em altura média e por toda a extensão do palco. Papai Dick, que não era um bom marionetista, mas em compensação era um bom construtor, a instalou com a ajuda dos outros. Sob o afiado olhar de Sócrates, eles já a haviam experimentado, manipulando, de braços esticados, marionetes sobre ela. E também houve mudanças na oficina de gesso de Rodrigo Rufião. Mamãe Dick a transformou rapidamente em uma oficina de fantoches e costurou uma enorme quantidade de novos cordéis em novas marionetes.

Nesse meio tempo, escurecera nas janelas sob as cortinas de teia de aranha, as velas baratas tremulavam violentamente, e a banda de Kilian anunciou com um rataplão a chegada da corte.

– Em seus lugares! – Bramiu Sócrates, e Rodrigo Rufião, Menino, Flip e os Dick desapareceram atrás do palco.

Um pouco mais tarde, a corte adentrou o salão, primeiro o general e seus cavaleiros, depois um bem-humorado Medicus Padrubel, trazendo um mal-humorado Rabanus Rochus. Atrás deles balançava o trono de Kilian sobre os ombros de seus carregadores, e mais uma vez seguiam atrás dele o criado pessoal predileto das grandes orelhas, os cocheiros e a banda, que não fazia mais nenhum ruído, porque os músicos estavam de repente um pouco assustados. Como as teias de aranha vibravam! Como a luz tremulava! Quão sombrio e imprevisível era tudo ali dentro do salão.

– Ai de mim! – o criado pessoal traduziu o murmúrio de seu rei. – Não podiam ter feito uma faxina por aqui? – Mas, diferente da baixa voz de Kilian, a voz alta do criado pessoal dessa vez tremia. Também ele estava devidamente assustado com o salão.

– Sente-se, prezado Rabanus Rochus – disse Padrubel ao feiticeiro da corte mal-humorado, assim que o trono de Kilian foi depositado em frente ao palco. – Desta vez, nada nem ninguém interromperá o teatro de fantoches – e, assim, o médico da corte empurrou uma cadeira diretamente para o rabugento Rabanus Rochus, e se sentou alegremente ao seu lado.

– Onde está a graciosa princesa? – Esbravejou o criado pessoal predileto ao lado.

Mas Padrubel pediu ao rei que tivesse um pouco de paciência, e, para abrir o teatro de fantoches, dissesse algumas palavras reais.

– Que comece o espetáculo! – Esbravejou o criado pessoal, assim que o rei murmurou a sentencinha. – E que tenha um final melhor do que da última vez.

Depois, reinou ansioso silêncio. As velas baratas crepitavam e estalavam, e todo o salão prendia o ar. Apenas Rabanus Rochus se atrevia a se mexer. Ele começou a se coçar discretamente; mas, de repente, estava tão nervoso que sentiu um formigamento terrível. "O que seria encenado aqui?", perguntou a si mesmo e depois se encolheu, porque a cortina puída abriu até a metade com um rangido que, na verdade, parecia um grito. A viga, que Papai Dick havia montado lá atrás, permaneceu invisível, do mesmo modo que aqueles que estavam sobre a viga e aguardavam a sua deixa.

Sobre o palco não estava Papai Dick, no papel de cantor de baladas. Sobre o palco havia um crânio, em cujo interior oco queimava uma vela, de modo que seus olhos vazios pareciam reluzir.

Um murmúrio correu pelo salão. Um trompetista assustado manteve os olhos fechados; um dos cavaleiros empunhou cautelosamente a espada; e Padrubel percebeu, para sua satisfação, que o nervoso Rabanus Rochus se coçava com ainda mais força do que antes.

Então, Rodrigo Rufião, sobre a viga, com voz disfarçada, recitou os versos introdutórios que ele mesmo compusera, e soou como se o crânio fantasmagoricamente iluminado falasse com o público, pois Rodrigo Rufião era incrivelmente hábil naquilo:

"Testemunhas vocês são, sob esta escuridão,
e aquele que cometeu, vocês descobrirão,
este desprezível crime!

Nós mortos escapamos do reino de Plutão,
e aquele que cometeu, vocês descobrirão,
este desprezível crime!

Nós, pálidos ossos, fazemos aqui a inquisição,
somos juízes e não damos permissão
a este desprezível crime!

Por isso, chamamos aqui o dragão
que participou, com o outro em comunhão,
deste desprezível crime!

Contra o rei, a tropa fez conspiração,
mas nós fizemos a oposição,
e chamamos Wak, o fantoche do dragão!"

Estas últimas palavras do crânio falante fizeram com que Rabanus Rochus quisesse levantar de um salto. O nome do dragão por si só já significava que ele havia sido desmascarado.

Mas então Rabanus Rochus sentiu o aperto firme de Medicus Padrubel, que havia colocado a mão como que incidentalmente no seu antebraço. Não, pensou Rabanus Rochus, por mais que lhe coçasse pior do que nunca, ele simplesmente negaria conhecer o dragão. Wak estaria muito longe, provavelmente teria carregado o tesouro de Kilian para Ghudipan. Ele, Rabanus Rochus, precisava controlar os nervos.

Infelizmente, pelo visto, os marionetistas invisíveis não pareciam ter a mesma opinião que Rabanus Rochus. Eles pareciam muito mais achar que o dragão poderia ouvi-los, pois seus altos chamados ecoaram de repente por todo o salão, e provavelmente por todo o Castelo do Calafrio.

– Nós chamamos Wak! – Gritou Rodrigo Rufião sobre a viga, e os outros o seguiram como um eco.

– Nós chamamos Wak! – Esbravejou Menino.

– ... chamamos Wak! – Gritou Flip a plenos pulmões.

– ... Wak! – Gralhou Sócrates.

– Wak! – Exclamaram os Dick.

Na plateia, o criado pessoal predileto tinha a testa molhada de suor frio. Rei Kilian, ao contrário, ajeitou-se na poltrona. A peça que acontecia sobre o palco começava a despertar seu interesse. Desde sempre ele tivera um fraco por crânios.

"Nós chamamos Wak!"... "chamamos Wak!"... "Wak!"... "Wak!"

Isso ecoou pelos corredores e galerias do Castelo do Calafrio, pelos salões e câmaras e vãos de escada, até o mais profundo porão, onde o dragão Wak realmente estava deitado sobre o tesouro de ouro do rei Kilian, as patas afundadas em moedas e a cabeça pesada apoiada sobre pratos e cálices de ouro e pedras preciosas.

"Nós chamamos Wak!"... "chamamos Wak!"... "Wak!"... "Wak!"

O dragão abriu os olhos, e seu olhar amarelo atingiu a escuridão. Ele queria ignorar o chamado, mas logo suas escamas pretas como a noite se arrepiaram, sua cauda espinhosa começou a varrer inquieta as moedas de ouro pelo chão, e seu grande coração preto começou a bater muito mais rápido do que de costume.

Quem estava chamando por ele? O castelo estava abandonado. Quando chegou, ele procurou pelo odor de fantasmas e, em seguida, deitou-se tranquilo para descansar, exausto do voo com a carga pesada. Será que lá havia, contudo, fantasmas do castelo? Wak levantou a cabeça pesada e soltou uma densa nuvem de enxofre. Como os fantasmas sabiam o seu nome?

Os sinistros chamados ainda ecoavam pelas paredes. Dormir nem pensar. Wak se apoiou nas quatro patas de dragão. Por mais que estivesse se sentindo mal, tinha de investigar se um dia quisesse encontrar sossego naquele porão. E, se alguém do mundo dos vivos o estivesse fazendo de bobo com aqueles chamados, então ele iria tostá-lo em uma pequena chama. Wak bufou, e um raio de fogo clareou as paredes vazias ao seu redor. Ele bufou em parte por raiva, e, em parte, para criar coragem. E começou a arrastar seu corpo pesado escada acima, sempre seguindo os chamados ecoantes.

"Nós chamamos Wak!"... "chamamos Wak!"... "Wak!"... "Wak!"

Nesse meio tempo, lá em cima, no salão, a plateia tinha começado a cochichar e a sussurrar. Estavam espantados com essa peça sinistra, na qual pelo visto não seria usada uma única marionete, mas somente um crânio solitário; e, ainda por cima, um que falava com várias vozes a mesma coisa. Não foram poucos espectadores que se sentiram gradualmente confusos; somente o estranho rei Kilian parecia estar aproveitando o sombrio espetáculo.

Enquanto isso, Rabanus Rochus recuperava a esperança. A coceira passava: cada vez mais, enquanto o dragão não aparecia, menos ele sentia necessidade de se coçar. Aqui não tem nenhum Wak, disse a si mesmo. Que os tolos continuem chamando pelo dragão atrás da cortina até ficarem roucos.

Mas naquele momento as portas do salão se abriram, e uma chama vermelho-brilhante lambeu o corredor central. Todos ficaram desnorteados, os cavaleiros empunharam as espadas, o sensível trompetista se escondeu debaixo da cadeira.

– Uau! Que espetáculo! – Foi o que o criado pessoal das orelhas grandes ouviu o rei balbuciar, mas isso ele não traduziu, porque perdera a voz de susto.

– Quem me chama? – Trovejou Wak no fim do salão, cruel e pronto para lutar.

Medicus Padrubel lançou um olhar comprovativo ao seu vizinho. O feiticeiro da corte se coçava não como se tivesse duas, mas como se tivesse uma dúzia de mãos.

– Vós me chamais? – Trovejou Wak e deixou o olhar amarelo vaguear pela plateia atônita.

– Nós o chamamos, Wak! – Troou naquele instante Rodrigo Rufião atrás da cortina, e, no mesmo momento, outras cinco ossadas humanas chocalharam viga abaixo em direção ao palco. Eram os esqueletos que Rodrigo Rufião um dia tinha fabricado em gesso e forjado no rochedo preto do Monte do Arrepio. Mas agora eles não estavam mais presos a correntes de ferro, mas em delicados cordéis de marionetes e eram manipulados por Rodrigo Rufião, Menino, Flip e os Dick, embora ninguém executasse sua tarefa tão bem quanto Rodrigo Rufião.

Era tétrico ver os esqueletos tatalarem com seus ossos no palco! E era de arrepiar vê-los dançarem ao redor do crânio iluminado, no centro do palco! E era muito mais assustador agora que se podia ver aqueles que gritavam o mesmo chamado: "Nós chamamos Wak!"... "chamamos Wak!"... "Wak!"... "Wak!"

Antes de os esqueletos baixarem ao palco, o dragão tinha-se arrastado até o centro do salão. Depois, o medo de fantasmas – que é típico de dragões ghudipaneses, como sabia Padrubel, versado em matéria de dragões – deixou-o paralisado. Wak mal podia mover-se e escondeu a cabeça entre as patas fedorentas, e choramingava por misericórdia:

– Deixai-me! Deixai-me! – lacrimejava ele. – Faço o que quiserdes, mas deixai-me!

Rabanus Rochus não aguentava mais manter-se sentado. Ele queria levantar-se, mas Medicus Padrubel segurou-o com a mão firme de volta à cadeira.

Um dos esqueletos dançava à frente. A voz grave e teatral de Rodrigo Rufião ressoou. Ele manipulava aquele esqueleto, e era de fato um marionetista especialmente bom:

– Se quiser redimir-se, Wak – disse ele –, então nada mais o ajudará do que a pura verdade.

Teatro de fantoches

– Que assim seja, que assim seja – choramingou o dragão do corredor central. Ele tremia com o corpo todo. No salão se espalhava o cheiro de enxofre. Vapores amarelos se misturavam às teias de aranha penduradas no teto.

– Então fale a verdade – troou Rodrigo Rufião, e seu esqueleto levantou ameaçadoramente os braços pálidos. – Responda às minhas perguntas, dragão Wak. E, se não falar a verdade, nós o levaremos ao reino dos mortos, onde os fantasmas se divertirão com você!

– Digo tudo! O que quereis saber, fantasmas? – Gaguejou Wak, a cabeça ainda debaixo das patas protetoras.

– Venha à frente, à beira do palco, dragão Wak – ordenou Rodrigo Rufião.

Wak rastejou como um cachorro açoitado.

– Quem saqueou o tesouro do rei Kilian? – Perguntou Rodrigo Rufião.

– Fui eu – gaguejou Wak. – Está lá embaixo, no porão... Vós... O rei... Pode tê-lo de volta! – Soltou ele, arrancando do rei Kilian, em seu trono, um nunca antes observado sorriso.

– E quem o guiou à câmara do tesouro? – Perguntou a voz grave de Rodrigo Rufião.

– Foi Rabanus Rochus – respondeu Wak, rouco. – O tesouro era o preço para que eu emprestasse minhas forças para ele. Comigo, ele podia voar, e seu fogo mágico era, na verdade, meu.

Entre Rabanus Rochus e o médico da corte começou uma espécie de jogo de empurra e puxa. Rabanus Rochus puxava seu braço para se libertar, mas Padrubel não o soltava.

– E quem escreveu o nome de Rodrigo Rufião na parede? – Trovejou Rodrigo Rufião. Ele soava de repente tão severo e orgulhoso! Como se estivesse contando uma de suas inventadas histórias de cavaleiros fora da lei. Mas, dessa vez, ele não contava, ele representava. Se isso fizer alguma diferença.

Wak exprimiu a resposta, acompanhada de uma nuvem de fumaça preta:

– Rabanus Rochus! Foi Rabanus Rochus! Para desviar a suspeita dele.

– E você também raptou a princesa? – Perguntou Rodrigo Rufião.

– A mando de Rabanus Rochus! – Choramingou o dragão. – Fiz tudo a mando de Rabanus Rochus! Para que o rei ficasse ainda mais melancólico e morresse finalmente de melancolia. Rabanus Rochus queria ser o próprio rei!

Naquele instante, o jogo de empurra e puxa entre o feiticeiro da corte e o médico da corte terminou em favor do feiticeiro. Rabanus Rochus se libertou com a força do desespero, e queria levantar voo, em fuga com o dragão. Mas o amedrontado Wak estava naquele momento tão encolhido, que julgou o manto preto tremulante do feiticeiro que corria em sua direção como mais um fantasma e, guinchando, deu um salto, quase enterrando o feiticeiro debaixo de si:

– Deixai-me! Deixai-me! Deixai-me! – Gritou o dragão, soltando uma densa fumaça preta de todos os seus poros. – Eu disse tudo! Deixai-me em paz!

Mas Rabanus Rochus não sabia o que fazer, além de prender-se ao pescoço do dragão, razão pela qual Wak levantou voo, como que picado por uma tarântula, disparando em direção à janela suja e cheia de teias de aranha, e batendo violentamente as asas. E a próxima coisa que Menino, Flip, Rodrigo Rufião e Sócrates viram foi o dragão, com Rabanus Rochus rugindo em seu pescoço, cruzando pela janela e ziguezagueando noite afora.

Certamente teria dado para ouvir lá fora ambos guinchando por muito tempo – um com medo do outro –, mas para isso as impetuosas gargalhadas no salão eram muito altas.

– Há-há-há – traduziu o criado predileto de Kilian, cansado, enquanto o próprio rei Kilian se curvava de tanto rir.

Último Capítulo

Onde quase todos fazem o que gostam

No meio da tenebrosa Idade Média, em uma quarta-feira e, ainda por cima, perto do meio-dia, uma carroça grande e em forma de caixa era puxada por três burros e estralejava e trambolhava em direção ao palácio do rei Kilian, o Último, que na verdade não era mais chamado de "Último", porque tinha a princesa Filipa Anegunde Rosa, uma perfeita sucessora para o trono. O sol raiava, um vento suave acariciava a coroa das árvores, e os pássaros cantavam suas melodias. Pois nem tudo era tenebroso na "tenebrosa Idade Média", porque ainda havia, por exemplo, muitos pássaros. Isso alegrava principalmente o pequeno e colorido papagaio sobre a chaminé metálica. Afinal de contas, Sócrates também era um pássaro, embora estivesse talvez um pouco fora dos padrões.

A carroça dos fantoches, que Sócrates deixava andar após muitos meses pela primeira vez ao palácio real, parecia-se ainda quase como naquela tempestuosa quarta-feira à noite, em que Menino escapara para se tornar escudeiro de Rodrigo Rufião. Nos arreios dos burros ainda estavam pendurados os mesmos sinos, e, na parede da carroça, ainda estavam desenhadas as mesmas figuras, e, ainda, é claro, havia também a chaminé metálica; pois, de outro modo, Sócrates não poderia estar sentado nela.

Contudo, não havia mais gerânios debaixo da janela. No lugar deles, cresciam cactos nos caixotes, e, entre eles, havia um que era especialmente delicado, de nome Tusnelda. Sobre as janelas, ainda havia as letras grandes e florescentes, mas não eram as mesmas letras que antes:

Teatro de fantoches de Rodrigo Rufião

estava escrito lá agora, pois Rodrigo Rufião abandonara a armadura para se misturar aos marionetistas. Ele trocara o Castelo do Calafrio de seus antepassados pelo Teatro de Fantoches do Papai Dick, e, desde então, viajava o país com Sócrates, para a grande alegria do papagaio versado em histórias.

As peças de fantoches de Rodrigo Rufião eram, de fato, muito melhores que as de Papai Dick. Elas não eram tediosas e previsíveis, mas excitantes e extraordinárias, o que poderia ser explicado pelos esqueletos de gesso, pendurados no teto, dentro da carroça, entre as outras marionetes. Sócrates teve primeiro de se acostumar com os companheiros de carroça, mas naquele tempo eles já lhe eram tão familiares quanto o dragão preto como a noite, o feiticeiro, os cavaleiros, a princesa, o rei e o colorido arlequim.

Havia inclusive uma peça de fantoches em que todos participavam. Chamava-se *Menino, meu escudeiro*, e Rodrigo Rufião a havia composto ele mesmo. À noite, sob a luz de velas, pena em punho, e com o antiquíssimo livro de histórias ao lado, ele era um homem feliz, muito mais feliz do que jamais havia sido no Castelo do Calafrio.

Os Dick, por sua vez, e Sócrates tomou consciência disso, eram mais felizes no Castelo do Calafrio do que jamais haviam sido na carroça dos fantoches. Os condes de Puxacordel, como Menino os chamava às vezes, tinham finalmente encontrado um lar, no qual há centenas de anos tudo permanecia igual.

Eles até mesmo assumiram a plantação de batatas e a horta de legumes de Rodrigo Rufião, regavam gerânios à frente das janelas da torre sul e removeram as cruzes e as lápides do estreito caminho do rochedo. Os cavaleiros Bogumil Drohmir, o bando dos treze bandoleiros dos Berserk ou o dragão de quatorze cabeças, Deixaime, só apareciam agora nos teatros de fantoches de Rodrigo Rufião.

A oficina de gesso também deixou de existir, afinal de contas. Papai Dick a transformara em uma oficina comum, e, em primeiro lugar, acrescentou à ponte levadiça a tábua que faltava, embora eles não caminhassem com muita frequência por ela. Mamãe e Papai Dick gostavam de ficar tranquilos, e preferiam permanecer em casa. Então, falavam de sua vida errante de marionetistas e nem conseguiam mais imaginar como puderam fazer por tanto tempo algo de que eles não gostavam.

Mas não é assim tão fácil fazer o que gostamos. Geralmente leva tempo para descobrir, e às vezes precisamos também de sorte. Como, por exemplo, pensou Sócrates sobre a chaminé metálica, Rodrigo Rufião teria descoberto que tinha nascido para ser marionetista se ele, Sócrates, não tivesse certo dia ido parar com o Teatro de Fantoches do Papai Dick em frente ao Castelo do Calafrio?

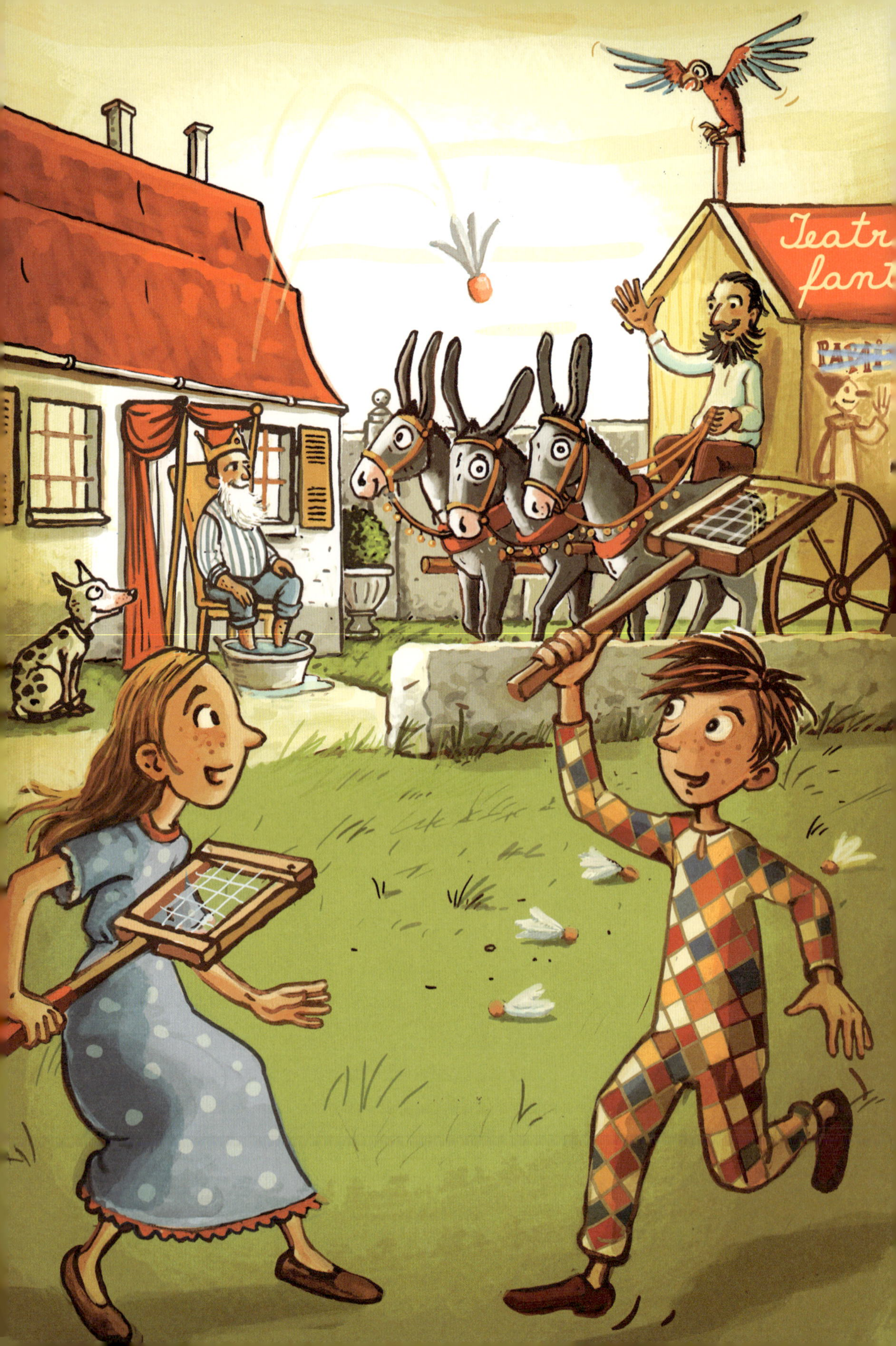

Sócrates pensava com frequência nisso, pois gostava de pensar nisso. Essa ideia o consolava toda vez que ele pensava em como esteve desamparado ao desejar prever a história de Menino.

Mas o mundo inteiro não é uma grande história, na qual até mesmo o pequeno papagaio tinha um papel? Algo assim Padrubel dissera para ele naquela época, e o médico versado em dragões e certamente também em histórias trocava desde então cartas com o papagaio, embora Padrubel, com suas macias mãos de médico, escrevesse cartas muito mais belas do que Sócrates, com suas garras duras.

Sócrates guardara cada uma das cartas de Padrubel, uma ele inclusive lera em voz alta à noite para Rodrigo Rufião. Era a carta na qual Padrubel contava que Rabanus Rochus supostamente havia sido visto no Polo Norte. Como diziam, o feiticeiro conseguira escapar da ira do dragão Wak. Desde então, escondia-se no extremo Norte, em uma torre de gelo, e enganava os gigantes da neve, enquanto Wak, sedento de vingança, voava ao redor do mundo, à procura do odor de Rabanus Rochus.

Se a história era verdadeira, Padrubel não sabia; mas o rei Kilian, ao ouvi-la pela primeira vez, rira tão alto, algo que acontecia nos últimos tempos com tanta frequência, que o criado pessoal não traduzia mais o riso real.

O criado pessoal, assim escreveu Padrubel, esbravejava apenas as reclamações engroladas de Kilian, que evidentemente tinham ficado mais raras, embora Kilian ainda permanecesse por bastante tempo no leito almofadado, defendesse os banhos quentes e uma quantidade enorme de doces e reinasse o menos possível. Certamente ele se deixaria carregar ainda hoje ao teatro, se Rodrigo Rufião fizesse uma de suas apresentações. Não seria direito de Menino representar *Menino, meu escudeiro*?

Agora Rodrigo Rufião poderia perguntar-lhe pessoalmente, pois a carroça dos fantoches estava quase chegando ao palácio.

As rodas rangeram sobre o cascalho da entrada, e, em frente ao palácio, Sócrates viu a princesa Filipa Anegunde Rosa. E, se o seu afiado olhar de papagaio não falhava, bem ao seu lado estava seu escudeiro, de nome Menino.

Sumário

Capítulo Um
Onde a personagem principal desaparece – de forma inesperada 7

Capítulo Dois
Onde Menino sitia o Castelo do Calafrio 17

Capítulo Três
Onde o cavaleiro fora da lei, Rodrigo Rufião, quase ganha um escudeiro 26

Capítulo Quatro
Onde o Castelo do Calafrio é invadido mais uma vez, e, por bem ou por mal, Rodrigo Rufião se lança no mundo 40

Capítulo Cinco
Onde Menino se transforma em um monstro horrível 57

Capítulo Seis
Onde o feiticeiro da corte, Rabanus Rochus, recebe um corvo-correio – e onde surge um rei melancólico, como também um dragão ghudipanês 68

Capítulo Sete
Onde tanto o rei quanto Rodrigo Rufião são acometidos pelo pavor – ainda que por razões diversas 80

Capítulo Oito
Onde a princesa Flip desmascara Rodrigo Rufião   93

Capítulo Nove
Onde o riso se faz urgentemente necessário   107

Capítulo Dez
Onde todos, todos mesmo que aparecem, estão enganados   118

Capítulo Onze
Onde Menino e Flip se deparam com um dragão   129

Capítulo Doze
Onde Menino se torna, por engano, um delator   142

Capítulo Treze
Onde Rodrigo Rufião e Menino, seu escudeiro, dizem o certo na hora errada   158

Capítulo Quatorze
Onde Sócrates e Medicus Padrubel bolam um bom final para esta história   168

Capítulo Quinze
Onde dançam fantoches muito especiais   180

Último Capítulo
Onde quase todos fazem o que gostam   197

𝕸𝖎𝖈𝖍𝖆𝖊𝖑 𝕰𝖓𝖉𝖊 (1929-1995) é um dos mais conhecidos autores alemães, cuja obra abraça várias vertentes. Além de livros infantis e infantojuvenis, ele escreveu poéticos livros ilustrados, livros para adultos, peças de teatro e poemas. Muitos dos seus livros foram adaptados para o cinema, rádio ou televisão. Por sua obra literária, ele conquistou muitos prêmios na Alemanha e no mundo. Seus livros foram traduzidos para mais de quarenta línguas e deles já foram impressos mais de 35 milhões de exemplares.

𝖂𝖎𝖊𝖑𝖆𝖓𝖉 𝕱𝖗𝖊𝖚𝖓𝖉 nasceu em 1969, justamente a tempo de ler *A história sem fim*, aos dez anos de idade. Ele estudou Germanística e Literatura Inglesa e permaneceu fiel a Michael Ende. Os livros mais famosos de Wieland Freund para crianças são *Die unwahrscheinliche Reise des Jonas Nichts, Törtel* e *Wecke niemals einen Schrat!* Por *Krakonos*, ele foi indicado ao prêmio literário Rattenfänder-Literaturpreis e ao Deutschen Jugendliteraturpreis.

𝕽𝖊𝖌𝖎𝖓𝖆 𝕶𝖊𝖍𝖓, nascida em 1962, cresceu com *Jim Knopf e os Treze Piratas*. Depois de se formar como ilustradora na HAW, em Hamburgo, começou a trabalhar como ilustradora autônoma, e, desde então, se destacou de diversas maneiras. Ela já ilustrou outras obras de Michael Ende, como *Longo caminho até Santa Cruz* (indicado ao Deutschen Jugendliteraturpreis). Em 2016, conquistou, com suas ilustrações do livro infantil *Freunde der Nacht*, o Rattenfänder-Literaturpreis.

1ª edição 2021 | 1ª reimpressão novembro de 2024 | **Fonte** Sabon
Papel Offset 120 g/m² | **Impressão e acabamento** Corprint

Mamãe Dick

Wak

Padrubel

um serviçal

Papai Dick

Rabanus Rochus